Adele Stein

Westfälische Provence
und andere Geschichten

Jacques Brel, Le plat pays...

... hier sehr frei ins Westfälische übersetzt von der Autorin

„Da ist der Wind, der gackert sich einen ab inner Triticale*
Da ist der Wind aus'm Süden, hört sein Rauschen
Da ist das platte Land, wo ich von weg bin"
*Kreuzung aus Weizen und Roggen

Alle Figuren in meinen Geschichten sind frei erfunden, eventuelle Ähnlichkeiten sind unbeabsichtigt und zufällig.

INHALT

Westfälische Provence   5
Gott und ich fahren Fahrrad   12
Mit Mustafa beim Zahnarzt   18
Hundert Gramm Salami oder time keeps on slippin'   26
Eine Frage der Einstellungen   33
Pablo und die Spiegelneurone   40
Krähen vertreiben mit WDR 4   51
Aus meinem Leben vor dem Landleben, vor langer, langer Zeit und nach wahren Begebenheiten   64
Wie Reinhard 1,2,3 einen Trecker kaufte   66
Aufs Land gekommen   76
Kulturschock, welcher Kulturschock?   83
Als die Musik noch mit Hanf gemacht wurde   89
Die Medikamentenmaus   98
Alltagswunder(n)   106
Meine letzten Worte, zumindest in diesem Buch   111

Herstellung und Verlag:
BoD – Books on Demand, Norderstedt
ISBN: 978-3-7322-4681-6

Bibliografische Information der Deutschen Nationalbibliothek:
Die Deutsche Nationalbibliothek verzeichnet diese Publikation in der Deutschen Nationalbibliografie; detaillierte bibliografische Daten sind im Internet über http://dnb.dnb.de abrufbar.

© by Adele Stein 2013, 2017
Umschlagfoto: Private Aufnahme der Autorin

Westfälische Provence

Als wir Studenten waren, sind mein Mann und ich mal im Herbst nach Südfrankreich in die Provence gereist. In den Alpen, die wir mit unserem betagten orangefarbenen Käfer durchquerten, war es schon bitterkalt. Nie vergesse ich, wie wir dann Sisteron erreichten und auf einmal alles anders war: Die Luft war mild und duftete nach Süden, die Sonne wärmte noch, und Menschen saßen bis spät abends draußen auf den Plätzen vor den Bars und Cafes.

Wir fuhren weiter und landeten schließlich in einem verschlafenen Dorf am Lac d'Esparron, wo es einen Campingplatz gab. Glückliche Tage folgten, in die wir hineinlebten, ohne daran zu denken, was war und was werden würde. Eigentlich habe ich mich danach nicht mehr oft so leicht gefühlt und so frei auch nicht. Am Abend vor unserer Rückreise standen wir Hand in Hand vor der Dorfkirche und wollten eigentlich gar nicht mehr weg. Ach, vielleicht…, dachte ich und kämpfte gegen die Tränen an. Vielleicht würde ich irgendwann zurückkehren und hier, wo mir alles besser zu sein schien, bleiben und für immer leben dürfen. Vielleicht konnte ich für diesen winzigen französischen Ort endlich einmal empfinden, was ich Zeit meines bisherigen Lebens noch nicht empfunden hatte: das Gefühl, genau hierhin zu gehören.

Es kam anders. Berufliche und damit verbundene geographische Irrungen und Wirrungen wehten uns hierhin und dorthin. Bis wir uns, vor nun fast 17 Jahren, endgültig nicht im südlichen Frankreich niederließen (was vermutlich angesichts unserer eher bescheidenen Sprachkenntnisse ohnehin keine Erfolgsstory geworden wäre), sondern... nun ja... eben hier, mitten in Westfalen. Genau gesagt strandeten wir in einer von ihren Einwohnern liebevoll *die Börde* genannten Region rund um die Stadt S. .

Das 700-Seelen-Dorf, in dem wir seither wohnen, ist ebenso unspektakulär wie weit weg von jenem Ort am Lac d'Esparron. Ähnlichkeiten mit Landschaft, Klima und Architektur gibt es auch eher nicht. Und doch: Es ist Unerhörtes mit mir geschehen! Ich beginne mittlerweile nämlich zu ahnen, dass ich es vermissen würde, lebte ich hier eines Tages nicht mehr. (Zum Beispiel, weil auf der bucket-list steht, im Alter in südlichere Gefilde umzuziehen.)

Das Empfinden von ... nun ja ... nenne ich es ruhig einmal *Heimat* ist relativ neu für mich. Wenn ich näher darüber nachdenke, was mir fehlen würde, zöge ich tatsächlich einst wieder weg, fällt mir ein: der Himmel hier auf dem Land, der so viel größer zu sein scheint als der über der nahegelegenen Stadt, in der ich arbeite. Jeden Tag, wenn ich nach Hause fahre, fällt mir das auf und zu jeder Jahreszeit. Ich sehe beim Nachdenken auch die Rapsfelder vor mir und die blühenden Obstbäume im Mai und meine Kinder, die - als sie klein waren - mal im Sommerregen durch unseren Garten getanzt sind. Dann ist da noch der Weg durchs Feld mit dem Hund der Nachbarn an meiner Seite, den sie mir großzügig ausleihen, wann immer ich Bedarf nach einem ausgedehnten Spaziergang mit Begleitung habe. So ein Hund ersetzt einem ja glatt den Gesprächstherapeuten...

Überhaupt unsere Nachbarn. Prompt erinnere ich mich jetzt an die erste Begegnung mit Reinhard, unserem Nachbarn von links gegenüber, am Gartenzaun. Offenbar war ihm Folgendes vorher zugetragen worden: Mein Mann hatte kurz nach unserem Einzug einige Schulkinder, die eine Abkürzung zur Bushaltestelle nutzten und über unser Grundstück liefen, angesprochen und sie sehr bestimmt, wie es manchmal seine Art ist, gebeten, das doch zukünftig zu unterlassen, da es ihn und den frisch gesäten Rasen nun einmal störe. Ich stand dann einige Tage danach am Gartenzaun und zupfte das erste Unkraut, als mir plötzlich auf der anderen Seite des Zauns ein kräftiger Mann mit Vollbart in einem karierten Hemd gegenüber stand.

„Hallo", sagte ich.

Der Mann machte sich keinerlei Umstände, meine Begrüßung zu erwidern.

„Seid ihr die tautrockenen* Idioten, die den Blagen neuerdings verbieten, hier her zu gehen?", fragte er stattdessen.

„Was heißt denn *ihr*?", fragte ich kühl zurück und beschloss, auf die gesammelten Provokationen des Herrn im Sinne einer Deeskalation gar nicht erst einzugehen. „Außer Ihnen sehe ich hier nur noch einen weiteren Menschen, nämlich mich."

Ich kam mir sehr schlagfertig vor, bereit, mich nicht an meinem Gartenzaun von so einer westfälischen Ausgabe eines Hill-Billies einschüchtern zu lassen.

„Kommst dir wohl ziemlich schlau vor?", fragte Mr. Kariertes -Hemd-und-Vollbart.

„Du dir selber nicht?", entgegnete ich und notierte mir auf meinem inneren Notizblock ein 2:0 für mich.

„Hömma", kam es jetzt von der anderen Seite des Zauns. „Hier gehen seit Menschen Gedenken die I-Dötzkes her. Da können nicht so Leute wie ihr plötzlich mir nix dir nix mit umme Ecke kommen, das so was nicht mehr geht. Es gibt nämlich *Geh*-wohn-heits-Recht hier bei uns!"

„Hm", sagte ich. „Und wir haben hier bei uns

grad' frisch Rasen gesät, oder genauer gesagt, hat mein Mann das gemacht. Da haben wir ja vielleicht ein Recht darauf, dass der dann auch mal wachsen kann, zumal auf unserem eigenen Grundstück."

Ich fand mich sachlich und argumentativ voll auf der Höhe. Dieses Landei könnte jetzt wirklich mal klein geben.

Tat es aber nicht.

„*Früscher Raaaasen*", imitierte er mich. „Grass ist das! Bist du etwa so 'ne ganz Arrogante aus der Stadt?"

„Hömma! Jetzt ist hier aber mal Schluß mit dem Generve, verzieh' dich und lass' mich in Ruhe, ja!"

Allmählich kam auch bei mir einiges in Bewegung, was immer gleich unmittelbare Auswirkungen auf meine Sprache hat.

„Stadtzicke!"

„Bauer!"

Das sagte jetzt ich. Oder eher: Ich hörte es mich sagen. Dabei stemmte ich meine Hände in die Hüften. Am liebsten hätte ich auch noch eine Mistgabel zur Hand gehabt.

Zum ersten Mal blickte ich nun aber auch genauer in das Gesicht meines Gegenübers, um es zu fixieren, und... registrierte... einen gar nicht mal so unfreundlichen Blick aus sehr blauen Augen, die von Lachfältchen umgeben waren und einen fast amüsierten Ausdruck um die Mundwinkel. Insgesamt wirkte der Mann, der hier vor mir stand, eher gutmütig als aggressiv. Seine Mundwinkel zuckten bald immer verdächtiger. Schließlich grinste er breit.

„Nee, Landmaschinenmechaniker", erwiderte er mit tiefer Stimme und begann, ich traute meinen Ohren kaum, donnernd zu lachen.

Wenige Sekunden später streckte er mir seine Hand über den Gartenzaun entgegen. Ich zögerte etwas, bevor ich ihm meine gab, die in seiner nahezu verschwand. Er drückte sie fest, aber erstaunlich gefühlvoll. Jetzt konnte ich irgendwie auch nicht mehr anders, als ihn anzulachen.

„Reinhard", sagte er. „Für Freunde und gute Nachbarn auch *Hart*, weil kürzer. Und jetzt bleibste mal hier, und ich hol' uns eben wacker 'n Bier und 'n Schnaps, und wir bereden auf eurer schönen Bank da in euerm Gatten alles weitere."

Es endete feuchtfröhlich. Irgendwann kam Harts Frau Ingrid dazu und später auch noch mein Mann mit unseren gesamten Weinvorräten, die gegen unsere trinkfesten neuen Nachbarn keine Chance hatten, obwohl sie immer wieder erklärten, dass sie ja eigentlich eingefleischte Biertrinker seien. Es war der Beginn einer wirklich wunderbaren Nachbarschaft. Zu der gehören neben Hart und Ingrid auch Ella und Jo samt Jos Mutter Liesel vom Hof von rechts, schließlich noch Ulla vom Hof von direkt gegenüber.

  Sie alle werden mir fehlen, wenn ich mit 68 oder so am Lac d'Esparron, am Mittelmeer oder wo auch immer im Süden lebe. Obwohl ich mir eigentlich sicher bin, dass es nicht lange dauert, bis sie auf Besuch anrücken. Mit *Veltins*-Kisten und *Northoffs* Korn im Kofferraum ihrer Autos und mit sehr viel guter Laune. Zurückkehren werden sie vermutlich mit einigen Flaschen Rotwein aus der Gegend, den sie später im Dorf den anderen Nachbarn anbieten: zum Beweis, dass sie tatsächlich bei uns gewesen sind. Um dann schnell doch wieder mit Bier und Schnaps anzustoßen und das Hohelied anzustimmen auf die einzig wahre Provence der Welt, die westfälische.

*westf. Platt für: „zugezogen"

***

Gott und ich fahren Fahrrad

Als der wunderbare Maarten t'Hart über seinen Fahrrad fahrenden Vater schrieb, dabei auch über die Vergänglichkeit des Lebens philosophierte und darüber, wie einen die Erkenntnis jäh treffen kann, dass wir nach dem Tod der Eltern die nächsten sind, die gehen werden..., also, als ich diesen kleinen Roman mit dem zauberhaften Titel *Gott fährt Fahrrad* zum ersten Mal las, gab es noch keine E-Bikes!

Ehrlich gesagt: Ich hasse die Dinger, und da ich mir, ganz kindlich, Gott immer noch als alten Mann mit weißem, langen Bart vorstelle, hätte ich sonst wohl möglich sofort die Assoziation gehabt, dass es so ein motorbetriebenes Unding ist, auf dem er sitzt. Auf so einem, wie - gefühlt - alle Menschen über 50 sitzen, denen ich auf meiner täglichen Tour mit dem Fahrrad im Feld neuerdings begegne.

Meine Motive aufs Rad zu steigen und jeden Morgen zu meiner vier Kilometer entfernten Arbeitsstelle und wieder zurück zu radeln (wohlgemerkt auf einem *anständigen* Fahrrad), waren weniger ökologische als ökonomische. Aufgrund eines Jobwechsels war der Firmenwagen futsch, und die Anschaffung und Unterhaltung eines Zweitwagens hätte zwar nicht den wirtschaftlichen Ruin der Familie, wohl aber den Verzicht auf den Jahresurlaub bedeutet, der mit schulpflichtigen Kindern ja bekanntermaßen am teuersten ist.

Ich wurde also vor nunmehr 14 Jahren zur Radfahrerin, und ein bisschen passierte wohl das, was auch - so hat es mir einmal ein Freund erzählt, der es wissen muss - in arrangierten Ehen passiert. Mein Freund gebrauchte ein Bild, um es mir klar zu machen: Man stellt einen Topf mit kaltem Inhalt auf den kalten Herd und führt dann die Temperatur zu... . Übertragen auf mich und das Fahrradfahren: Wir erwärmten uns allmählich füreinander und lernten uns langsam lieben. Krisen gab es wie in jeder guten Beziehung immer mal wieder, aber schließlich wurden wir immer inniger miteinander.

Und leidenschaftlicher! Ich kann mir ein Leben ohne mein Fahrrad gar nicht mehr vorstellen. Wenn ich im Winter (zum Glück nur selten) kapitulieren muss vor schneeglatten oder vereisten Wegen und nicht fahren kann, bekomme ich spätestens am zweiten Tag richtig schlechte Laune. Im Winter 2009/10 konnte ich mal fast zwei Wochen nicht fahren, da war ich kurz davor, meinen Arzt zu bitten, mir ein Antidepressivum zu verschreiben. Ich bin sicher, er hätte es getan. Ich zeigte alle Symptome einer leichten Depression, die allerdings genauso schnell verschwanden wie der Schnee, nachdem endlich Tauwetter eingesetzt hatte und mein Feldweg wieder befahrbar war.

Anfangs konnte ich die Begegnungen, die ich mit E-Bike fahrenden Menschen hatte, nur denen der dritten Art zuordnen. Da wusste ich auch noch gar nicht, dass es eine solche Erfindung überhaupt gab. Als Jugendliche bin ich mal ein Mofa gefahren, aber das unterschied sich rein äußerlich so sehr, das man es nie hätte mit einem Fahrrad verwechseln können. Bei diesen E-Dingern hingegen muss man schon recht genau hinschauen, um zu erkennen, dass sie ein *fake* sind. Zumal der verräterische Motor häufig unter einer Satteltasche verborgen ist.

Ich hatte aber, wie gesagt, bei meinem ersten Zusammentreffen mit E-Bikes von all dem noch gar keine Ahnung. Ich saß bloß danach ebenso irritiert wie zerknirscht neben meinem Mann auf der Gartenbank, wo wir wie immer unsere gemeinsame Feierabend-Zigarette zelebrierten und seufzte:

„Ich baue körperlich ab."

„Solange du nicht geistig abbaust", sagte mein Mann nach einer ganzen Weile. Dann zog er erst einmal genussvoll an seiner Zigarette und sagte gar nichts mehr.

Da saß ich also auf meiner Gartenbank und musste erst einmal für mich allein verarbeiten, dass ich auf dem Heimweg von zwei vergnügten älteren Herrschaften auf dem Fahrrad überholt wurde, die ich der Generation meiner Eltern zurechnete. Wohlgemerkt bei Gegenwind. Nicht, dass ich nicht ständig überholt werde: von den vielen Rad fahrenden Schülern, die den Weg in die Stadt ebenfalls nutzen. Von eiligen Menschen, die offenbar nicht wie ich den Luxus der gleitenden Arbeitszeit besitzen. Nachmittags oft auch von sportlichen Männern auf Rennrädern. Aber von zwei 80-Jährigen, die außerdem aussahen, als hätten sie zuletzt als Grundschulkinder auf einem Rad gesessen, wenn überhaupt?

Mein Radfahrer-Kosmos war erschüttert, mein Ego erhielt einen empfindlichen Schlag. Da fuhr man nun viele Jahre fast täglich durch Wind und Wetter und wähnte sich einigermaßen kraftvoll und in guter Kondition - und dann so was.

Ich redete in meinen schweigenden Mann hinein. Das ist etwas, was ich nur selten tue. Aber es musste sein. Ich musste einfach loswerden, was ich erlebt hatte, selbst auf die Gefahr hin, keine positive Resonanz zu erhalten. Überraschenderweise hörte mein Mann mir zu. Und blickte dabei für seine Verhältnisse geradezu empathisch.

„Ich weiß genau, was du meinst", sagte er

ernst.

"Mir ist das auch schon mal geschehen. Das sind diese E-Bikes. Momentan sind die der letzte Schrei."

„*I - was?*" fragte ich.

Er klärte mich auf. Immerhin wusste ich danach, dass es kein übernatürliches Phänomen war, was ich gesehen hatte. Und auch, dass es um meine Fitness vermutlich doch nicht ganz so schlecht bestellt war. Vorerst war ich beruhigt.

Trotzdem: Meine Ressentiments gegenüber E-Bikes sind geblieben. Leider kann ich diese nicht mehr 1:1 auf alle ihre Besitzer übertragen, jedenfalls nicht, seitdem Reinhard und Ingrid aus der Nachbarschaft auch welche haben. Die beiden mag ich einfach zu sehr. Was ich allerdings nicht weiß, ist, ob ich ihren Gesichtsausdruck mag, wenn sie auf ihren Bikes winkend an mir vorüberziehen würden.

Wenn ich an diesen Idioten denke, der neulich hinter mir radelte und plötzlich ein gebieterisches „Platz da!" zischte, um mich dann kopfschüttelnd mit seinem E-Bike zu überholen, werde ich schon wieder richtig wütend und male mir im Geiste übelste Rachephantasien aus. Etwa, wie ich ihm beim Vorüberfahren seinen Helm mit dem *Stoppt-Stuttgart-21*-Aufkleber vom Kopf reiße und zurück brülle: „Stoppt

Bekloppte, wo und wie immer sie dir begegnen!"

„Versprich' mir", sage ich zu meinem Mann, der schon viel länger und noch viel leidenschaftlicher Fahrrad fährt als ich, „dass wir uns nie, nie so ein dämliches Gefährt zulegen werden!"

Und als er schweigt und dann erst einmal wieder an seiner Zigarette zieht, ahne ich, dass er an seine Knieprobleme denkt, von denen man ja auch nie weiß, wie sie sich entwickeln werden. Überhaupt gibt er eher ungern Versprechen ab. Ok, er fällt also aus. Es wird in dieser Sache kein eheliches Gelöbnis geben. Sei's drum. Bleibe also nur ich übrig, die einsam, aber ebenso engagiert wie eindeutig Stellung bezieht gegen diese batteriebetriebenen *No-Gos*, die jeden aufrichtigen Radfahrer nur mit Abscheu erfüllen können.

Und der liebe Gott natürlich, der lächelnd neben mir her radelt. Verschwörerisch blinzelt er mir zu, sobald uns jemand mit seinem E-Bike überholen will. Er fährt einfach nicht beiseite.

***

Mit Mustafa beim Zahnarzt

Ulla, meine Nachbarin vom Hof direkt gegenüber, ist Sozialarbeiterin. Angelernte, wie sie immer wieder betont. Ursprünglich wollte sie wie viele unserer Generation etwas Kreatives machen, am liebsten mit Sprache und Medien. Aber dann kam alles anders, und sie landete nach einem geisteswissenschaftlichen Studium und einigem beruflichen Hin und Her bei einem dieser Bildungsträger, die ihr Geld damit verdienen, dass sie dabei helfen, junge Menschen von der schiefen auf die gerade Bahn zu hieven. Sie also zu wertvollen Mitgliedern unserer Gesellschaft zu wandeln, die - aufgrund gezielter pädagogischer Interventionen einsichtig geworden – zuverlässig und dankbar einer geregelten Arbeit nachgehen und ihre Steuern und Sozialversicherungsbeiträge zahlen. Zumindest versucht man es.

Aber nicht immer gelingt das, berichtet Ulla und lästert ein wenig über den Film *Ziemlich beste Freunde*, den wir uns gerade zusammen im Kino angeschaut haben. Ohne Frage sei der Film sehr lustig und unterhalte auf anspruchsvollem Niveau, aber die schlussendliche Läuterung des Ex-Knackis habe sie an das Happy-End in *Pretty Woman* erinnert.

„Der Film mit Richard Gere und Julia

Roberts?" frage ich. Und als sie nickt, seufze ich: „Der war aber doch sooo romantisch. Wie im Märchen..."

„Eben", sagt Ulla knapp und trocken, wie es so ihre westfälisch-bodenständige Art ist.

Und dann erzählt sie von Mustafa, einem der ihr anvertrauten jungen „Problemfälle", die sie läutern und für eine bürgerliche Existenz begeistern soll. Mustafa ist dreiundzwanzig und hat schon so einiges ausgefressen: ein Auto geklaut, mit Kokain und anderen verbotenen Substanzen gedealt und letztes Jahr sogar eine Spielhalle überfallen. Jetzt hat er die Auflage, seine Ausbildung zu Ende zu machen, sonst drohen ihm endgültig schwedische Gardinen.

Eigentlich, sagt Ulla, wäre es aus verschiedenen Gründen viel sinnvoller, wenn der vaterlose Mustafa einen Mann an seine Seite bekommen würde. Einer, der ihm ordentlich Respekt einflößt, und zu dem er doch aufschauen könne. Aber leider gibt es solche Männer nicht im beruflichen Umfeld meiner Freundin.

„Klar, sind da die Herren der Chefetage, aber mit den täglichen Niederungen der sozialen Arbeit geben die sich schon lange nicht mehr ab", meint sie. „Was so verkehrt dann aber wiederum auch nicht ist, können sie doch bei ihrer sogenannten Leitungsarbeit vermutlich noch den geringsten Schaden anrichten."

An dieser Stelle ihres Berichts grinst Ulla breit.

„Gut, es gibt da noch diesen einen Kollegen, den letzten der Mohikaner, den man wohl irgendwie vergessen hat zu befördern. Aber der hat sofort entrüstet abgewinkt und erklärt, er stehe schließlich kurz vor der Rente und daher keinesfalls zur Verfügung, als es neulich darum ging, Mustafa zum Zahnarzt zu begleiten, um endlich mal den Zahnschmerzen auf den Grund zu gehen, an denen der angeblich immer mal wieder so heftig gelitten hatte, dass er tagelang nicht zur Ausbildung erscheinen konnte. Außerdem, so eine Begleitung zum Arzt sei doch irgendwie sowieso Frauensache und Zeit habe er im Prinzip auch nicht, meinte mein Kollege noch. Dann spielte er in aller Ruhe am PC seine Runde *Solitair* zu Ende."

So ist es also Ulla gewesen, die mit Mustafa loszog. Dreimal hatte der zuvor den vereinbarten Termin für eine zahnärztliche Untersuchung nicht eingehalten. Jetzt sollte sie dafür sorgen, dass er sich nicht wieder drückte und endlich den Termin wahrnahm. Mustafa gehe ins Fitness-Studio und habe Muskeln wie Schwarzenegger in seinen besten Zeiten, erzählt mir Ulla weiter. Groß sei er auch. 1,85 Meter - mindestens.

„Ich fahr' da nicht mit Ihnen hin", habe er zu ihr gesagt, als sie vor dem Auto standen, mit dem sie ihn zum Zahnarzt chauffieren wollte.

Dann kam es zum folgenden Dialog:
Ulla (freundlich, ruhig): „Überlegen Sie' doch mal, Mustafa... . Haben Sie eine Wahl?"
Mustafa (tritt mit dem Fuß kräftig gegen das Auto): „Mann, das ist doch alles so Scheiße!"

Ulla vermutete, was alle dachten: Die Zahnschmerzen waren nichts als ein Vorwand, eine Ausrede, wenn Mustafa mal wieder keinen Bock gehabt hatte zur Arbeit zu erscheinen, weil er lieber seine Muskeln aufbauen, ausschlafen, neue Straftaten planen oder was auch immer tun wollte. Jetzt fühlte er sich in die Ecke gedrängt, weil er kurz davor stand aufzufliegen. Was, wenn er jetzt noch aggressiver werden und zur Abwechslung nicht das Auto, sondern sie treten würde? Ulla ist nicht zimperlich, aber auch nicht besonders stark. So spürte sie eine leise Angst in sich und auch, dass sie wütend war, diesen undankbaren Job an der Hacke zu haben. Innerlich redete sie auf sich ein, bloß gelassen zu bleiben. Sie ging zur Fahrertür und schloss auf.

„Einsteigen!", sagte sie, und es klang aufgrund der Tatsache, dass sie eben auch ziemlich wütend war, zum Glück resoluter, als sie sich fühlte angesichts eines mindestens 1,85 Meter großen, muskelbepackten und vorbestraften jungen Mannes. Zu ihrer Überraschung gehorchte ihr Mustafa und kletterte auf den Beifahrersitz des VW-Bullis. Er schien zu schmollen.

„Wieso glaubt mir denn keiner, Mann, dass ich echt Zahnschmerzen habe?", fragte er kläglich.

„Wenn Ihnen keiner glauben würde, führe ich sie jetzt nicht zum Zahnarzt", erklärte ihm Ulla.

Was natürlich eine Lüge war.

„Aber ich will da nicht hin", jammerte Mustafa und wollte wieder aussteigen. Meine Nachbarin vereitelte das, indem sie losfuhr.

Natürlich gab es keinen Parkplatz direkt vor der Praxis, und Ulla fluchte insgeheim. Das bedeutete, dass sie in das nächstgelegene Parkhaus fahren und dann mit ihrem Schützling einige hundert Meter durch die Innenstadt laufen musste. Letzteres gab Mustafa wahrscheinlich genügend Gelegenheit stiften zu gehen, was er prompt gleich nach der Ankunft im Parkhaus auch tat, noch während Ulla das Auto abschloss. Ulla fluchte wieder, diesmal laut, dann rannte sie ihm hinterher. Sie fand ihn schließlich am Bahnhof, wo er sich gerade anschickte, in einen Bus einzusteigen, was sie verhinderte, indem sie sich an seinen Jackenärmel hängte.

„Mustafa", sagte sie, überhaupt nicht mehr gelassen. „Sie werden es einsehen. Das mit dem

Zahnarzt ziehen wir heute durch. Klar?"

„Mann", sagte Mustafa. „Wieso lassen Sie mich nicht einfach in Ruhe?"

„Tu ich ja", erwiderte Ulla und fügte mit fester Stimme hinzu: „Wenn Sie beim Zahnarzt gewesen sind."

Allerdings beschloss sie, genau jetzt an dieser Stelle aufzugeben, wenn er sich weigern würde mitzugehen. Irgendwann war doch nun echt mal Schluss. Auch sie hatte Grenzen.

Wieder überraschte Mustafa sie, gab klein bei und ließ sich anschließend brav (am Jackenärmel) den ganzen Weg bis vor die Tür der Zahnarztpraxis ziehen. Mit gesenktem Kopf, langsam, aber ansonsten widerstandslos trottete er hinter ihr her. Erst vor dem Eingang blieb er stehen. Ulla zog heftiger. Ohne Erfolg. Mustafa nutzte Gewicht und seine reichlich vorhandene Muskelmasse, um sich auf einmal keinen Schritt mehr weiter zu bewegen. Flehentlich sah er Ulla aus schreckgeweiteten Augen an.

„Ich will da nicht 'rein. Bitte nicht", wisperte er.

In diesem Moment öffnete sich die Tür und ein Patient trat heraus. Ulla nutzte den Moment und schubste Mustafa hinein, direkt bis vor die Rezeption, wo eine junge Zahnarzthelferin ihn freundlich anlächelte und sich sogleich anschickte, Formalitäten zu regeln. Mustafa antwortete ihr mechanisch und gehorchte ihren Anweisungen: Versichertenkarte vorzeigen und anschließend im Wartezimmer Platz nehmen. Ulla folgte ihm und setzte sich kurzerhand neben ihn. Von hier aus konnte sie am ehesten eingreifen, wenn er wieder die Flucht ergreifen wollte, was kurz darauf tatsächlich der Fall war. Mittlerweile reagierte sie wie ein Seismograph auf seine Regungen. Sie drückte ihm kurz ihren Ellbogen in die Seite, als sie spürte, dass er aufspringen wollte.

„Sitzenbleiben!", befahl sie.

„Ich kann das nicht", sagte Mustafa. Seine Stimme klang verzweifelt. Und dann begann er laut zu beten.

„Oh je", sage ich. „Der hatte aber echt Angst, dass er auffliegt."

Ich bin voller Hochachtung für Ulla und ihren Sozialarbeiter-Job. Ob es ihr denn gelungen sei, Mustafa der vorgetäuschten Zahnschmerzen zu überführen, und wie er darauf reagiert habe, will ich wissen. Ulla lächelt.

Dann erzählt sie den Rest der Story: Wie Mustafa, nachdem er aufgerufen wurde, sich auf dem Klo eingeschlossen hatte und wie es ihr gemeinsam mit der freundlichen Zahnarzthelferin und dem ebenfalls dazu geholten Zahnarzt schließlich gelungen war, ihn doch noch dazu zu bringen, sich ins Behandlungszimmer zu begeben. Dort habe sie ihm auf seinen Wunsch hin die Hand halten müssen. Und dann habe er sich tatsächlich untersuchen lassen.

Das Verrückte, sagt sie nach einer Weile, sei, dass Mustafa tatsächlich ein Zahnproblem hatte und zwar ein massives. Der Zahnarzt habe ihm den schlimmen Zahn sofort gezogen.

„Dann hatte der Bursche tatsächlich einfach nur Angst vorm Zahnarzt?"

„Panische Angst", sagt Ulla.

„*Uff*. Und? Hat er sich danach gebührend bedankt bei dir und kommt nun regelmäßig zur Arbeit?", will ich noch wissen.

„Bedankt hat er sich in der Tat, überschwänglich sogar, als ich ihn nach seiner Zahnextraktion nach Hause gefahren habe. Und das trotz des Umstands, dass er wegen der Betäubung echt schlecht reden konnte. Der Rest der Geschichte, da muss ich dich enttäuschen, ist leider kein Stoff für einen *Blockbuster*. Mustafa ist seitdem nicht mehr bei uns auf- und stattdessen erst einmal untergetaucht. Ach so: Zuvor hat er noch 'ne Spielhalle überfallen, vielleicht, weil er endlich keine Zahnschmerzen mehr hatte."

***

Hundert Gramm Salami oder time keeps on slippin'

Am Montagnachmittag, gleich nach der Arbeit, gehe ich einkaufen. Immer. Der Tag bietet sich an. Erstens, weil ich montags meist kürzer arbeite als an den anderen Tagen. Zweitens, weil der Kühlschrank nach dem Wochenende ziemlich leergefegt ist. Drittens, weil ich mit fortschreitendem Alter offenbar anfange, regelmäßig wiederkehrende Abläufe mehr zu mögen (nett ausgedrückt) oder zwanghafter werde (nicht so nett ausgedrückt). Jeden Montag, so gegen halb vier, stehe ich also im Supermarkt meines Vertrauens an der Wursttheke und ordere *hundert Gramm Salami* für meinen Mann. Die reichen ihm exakt für eine Woche, ich selbst esse keine mehr. Früher, als die Kinder noch zu Hause lebten, waren es mal zweihundert Gramm, die ich einkaufte und dazu noch eine kleine Menge Leber- und Fleischwurst. Aber das ist nun auch schon wieder Jahre her.

Damals hatte ich das nicht, was ich jetzt habe, und was ich hier aufschreiben möchte. Vielleicht schreibe ich es auf, weil ich hoffe, dass es dann eines Tages verschwindet, so, wie es eines Tages (und ich weiß nicht einmal, wann das war) angefangen hat. Es ist jedenfalls seit einer ganzen Weile so, dass ich jeweils, wenn ich montags an der Wursttheke stehe und *hundert Gramm Salami, bitte* sage, denke, dass die Zeit zwischen diesem und dem Montag davor (als ich ebenfalls dort stand und Salami kaufte) wie in sich zusammengefallen und dann einfach in einer Art Schwarzem Loch verschwunden ist. Es ist, als ob mein Leben aus einer Aneinanderreihung von Momenten besteht, die jeweils von einem wieder und wieder aufgesagten Satz bestimmt werden, der noch nicht einmal ein vollständiger ist: *Hundert Gramm Salami, bitte.*

Nun ist es nicht so, dass in meinem Leben außer dem wöchentlichen Einkauf nichts passieren würde: Ich arbeite mit netten Leuten zusammen, die Arbeit selbst ist – trotz gelegentlicher Nervereien – eigentlich auch ganz in Ordnung. Ich besuche einen Literatur- und einen Sportkurs. Ich schreibe Geschichten wie diese. Ich höre mit Hingabe Musik, zum Beispiel, wenn Jose Carreras Pucchini-Arien oder Bruce Springsteen *Thunder Road* singt. Manchmal, wenn niemand in der Nähe ist, singe ich sogar lauthals mit. Ich fahre mehrmals im Jahr an schöne Orte. Ich treffe interessante Menschen. Und doch: Irgendwie ist das alles derzeit nicht so präsent wie diese im Prinzip völlig marginale Salami-Aktion an diesen scheinbar immer schneller aufeinander folgenden Montagen.

Noch während ich vor der Wursttheke darauf warte, dass ich an der Reihe bin, setzen bei mir Gedanken ein, wie: *Mist, schon wieder...* oder: *Nein, das kann nicht sein...* (nämlich dass zwischen dem letzten und dem heutigen Montag schon wieder eine ganze Woche vergangen ist). Ich sehe mein Leben an mir vorüberziehen wie im Zeitraffer und dabei wieder und wieder nur diese eine Szene: Ich stehe mit immer grauer werdendem Haar da und bestelle Salami. Zugegeben, es gibt dabei leichte Variationen, zum Beispiel, was meine Kleidung oder die jeweilige Verkäuferin anbelangt. Aber das ist auch alles. Ich komme mir vor, wie in diesem Murmeltierfilm, nur dass ich die Hauptrolle spiele und Bill Murray weit und breit nicht in Sicht ist.

Dann, wenn ich den Supermarkt verlasse, meine Einkäufe im Auto verstaue und mir einfällt, was ich mit zwanzig oder so alles vorhatte, und wenn dann auf der Rückfahrt dummerweise auch noch Dusty Springfield singt, weil das Autoradio (warum auch immer) bei WDR 4 gelandet ist, wie bitter das Leben schmeckt, wenn man alt ist, dann kann es schon sein, dass ich in eine sehr melancholische Stimmung gerate. Meistens ist das schnell wieder vorbei. Vergessen, sobald ich den Schlüssel in die Haustür gesteckt habe und andere Ereignisse sich zum Glück in den Vordergrund drängen: das Abendessen, ein Anruf der Kinder, ein Gespräch mit Freunden, ein Kinobesuch. Doch leider ist es fast genauso schnell wieder Montag und schon wieder stehe ich... . Nun ja.

Einmal wollte ich tricksen und habe absichtlich die Wurst vergessen. Es hat nicht funktioniert. Eine Woche später kaufte ich wieder welche und dachte: *Boah, das kann doch jetzt nicht wahr sein, dass schon wieder sieben Tage vergangen sind, seitdem ich keine Wurst gekauft habe. Und vierzehn (!) Tage seit dem letzten Mal, als ich welche kaufte...*

Ich mute mich nicht so gern anderen Menschen mit meinen Problemen zu. Und außerdem zweifelt mein ewig waches und durchtrainiertes Über-Ich auch prompt an, dass es sich bei meinem Problem überhaupt um eines handelt. *Wenn der Welt sonst nichts fehlen würde...*, raunt es mir zu. Oder (kopfschüttelnd): *Das verstehe ich nun wirklich nicht. Fängst du jetzt auch mit so komischen Befindlichkeiten an? Wir werden eben alle älter und müssen irgendwann sterben. Basta.* Überhaupt: *There are no problems you can call your own!* Wer hat das jetzt noch mal gesagt?

Egal. Da sitze ich also nun alleingelassen in meiner persönlichen Montags-Endlosschleife wie Bill Murray im ewigen Februar von Punxsutawney und kein Ende ist in Sicht. Soll ich Klavierspielen lernen? Oder mit der Kettensäge Eisskulpturen basteln? Was kann *mich* befreien? Okay, an der Kettensäge würde es nicht scheitern. Jo, unser Nachbar von rechts gegenüber, würde mir seine sicherlich leihen.

Dann ist wieder Montag. Diesmal gerät das Autoradio nach dem Einkaufen an einen dieser Oldie-Sender, und die Jungs von der Steve Miller Band singen, wie uns die Zeit unaufhaltsam durch die Finger rinnt.

Ja, die Steve Miller Band.

Früher, also mit zwanzig oder so, hab' ich dazu sogar mal getanzt. In einer dieser Alternativ-Discos, die *Piano* oder *Merlin* hießen und in denen es alte rote Plüschsofas gab. Obwohl ich den Text damals kannte, vermutlich sogar laut mitgesungen habe, habe ich mir gar nichts, rein gar nichts dabei gedacht. Damals. Als ich zwanzig war. *Jünger als meine Kinder es jetzt sind!* Bei diesem Gedanken wird mir auf einmal ganz komisch. Energisch schalte ich das Radio aus und beschließe, nie wieder Oldie-Sender zu hören.

Schließlich vertraue ich mich Ella an, Jos Frau. Ella und Jo wohnen, wie gesagt, schräg gegenüber von uns. Sie sind im selben Alter wie mein Mann und ich. Ihre Familien sind seit ewigen

Zeiten ortsansässig und vermutlich genau so lange landwirtschaftlich tätig. Ich hoffe, dass die festverwurzelte, positiv eingestellte und praktisch denkende Ella einen leicht umzusetzenden Tipp hat, wie ich mein Problem lösen könnte. Genauso etwas will ich nämlich. Ich will mich nicht mit mir beschäftigen und auseinandersetzen, mich nicht fragen, was das alles mit mir, meinen Neurosen, meiner derzeitigen Lebenssituation und -zufriedenheit zu tun hat. Ich will einfach nur nicht mehr montags an der Wursttheke stehen und denken, was ich denke, und fühlen, was ich fühle. Ich will das einfach loswerden.

Ella, die selten um einen brauchbaren Rat verlegen ist, wirkt nachdenklich, nachdem ich ihr vorgetragen habe, was mich beschäftigt. Ich blicke sie erwartungsvoll an, aber sie scheint diesmal keine Antwort parat zu haben.

„Weißt du, was ich meine? Hast du so was auch schon mal gehabt?", frage ich vorsichtig nach.

Ella lächelt. „Ja, das kenne ich."

„Und was machst du dagegen?"

Ella runzelt die Stirn. Eine Antwort auf meine Frage gibt sie mir nicht.

„Lass' uns Kaffee trinken", sagt sie. „Ich hab' Waffeln gebacken."

So sitzen wir in Ellas großer Küche an dem alten Tisch aus Eiche. Und während Ella uns Kaffee einschenkt, höre ich das Lied, das gerade im Radio gespielt wird.

Wach auf, wach auf und schau dich um, übersetze ich und denke: Schon wieder die Steve Miller Band.

Dann frage ich Ella, ob wir nicht später noch eine Runde mit dem Hund durch die Felder gehen wollen. Als Ella zustimmend nickt, lege ich meine Hand auf ihren Unterarm.

„Das ist schön, Ella", sage ich.

***

Eine Frage der Einstellungen

Neulich musste ich mein fast zehn Jahre altes Notebook endgültig ausmustern. Schon lange hatte es Anzeichen gegeben, dass es im Zenit seines Lebens stand. Es stürzte mindestens zweimal pro Sitzung ab, hängte sich meistens immer dann auf, wenn ich eben mal ganz schnell was *googlen* oder jemandem etwas Wichtiges zeigen wollte, verweigerte wichtige neue Updates und brauchte zum Schluss ebenso lange Zeit und ebenso viele Anläufe zum Hochfahren wie ich, wenn ich morgens versuche, aus dem Bett zu kommen.

Ich ertrug das. Zum einen hing ich an dem alten Ding und fühlte mich irgendwie solidarisch mit seinen altersbedingten Handicaps. Zum anderen hatte ich Angst: Unendlich viele Neuerungen waren seit zehn Jahren über die Notebooks dieser Welt hinweg gegangen. Ich hatte sie alle versäumt. Würde ich mit all dieser neuen Hard- und Software überhaupt zurechtkommen? Also hielt ich lange an meinem längst überholten Modell fest, auch wenn es mich manchmal auf die Palme brachte. Und dann geschah es eines Tages: Das *v* an der Tastatur versagte den Dienst. Mag sein, dass es die Folge eines von mir verübten Schlags mit der flachen Hand war, weil mal wieder mittendrin nix mehr funktioniert hatte. Mag sein, dass es einfach fortgeschrittene Altersschwäche war. Egal eigentlich. Ich überlegte sogar noch, ob ich nicht zukünftig in allen Texten statt *v* ein *w* tippen könnte, aber dann ging mir doch schnell auf, wie lächerlich diese Idee war. Zumal es viel mehr Wörter mit *v* gab, als ich jemals angenommen hatte.

Ich kaufte also eins dieser neuen flachen Ultra-Dinger mit allem Zipp und Zapp in meiner Lieblingsfarbe schwarz und natürlich dem allerneuesten Betriebssystem. Zu Hause packte ich es aus, stellte es auf den Esstisch und fürchtete mich vor dem Moment es anzuschalten. Zum Glück kam zwei Tage später meine Tochter zu Besuch. Sie hat, was Computerkenntnisse anbelangt, in unserer ansonsten auf diesem Fachgebiet eher unbedarften Familie den Status der Expertin. Eigentlich sei sie ja zum Chillen nach Hause gekommen, erklärte sie mir, als ich ihr meine Bitte vortrug.

„Könntest du nicht vielleicht doch...", bettelte ich.

„*Na, gut*", meinte sie augenrollend, aber gnädig. „Ich kümmer' mich drum. Morgen oder so..."

„Danke", sagte ich. „Das ist echt lieb von dir!"

Es war am Abend darauf, als ich am Herd

stand und kochte, was das Zeug hielt. Es sollte Hühnchen mit Gemüse in Sojasoße geben, dazu Basmatireis. Das hatte sich meine Tochter gewünscht. Ich bin immer sehr gerührt, wenn meine erwachsenen Kinder, die sehr weit weg wohnen, wieder für ein paar Tage zu Hause sind und sich ihre Lieblingskindergerichte wünschen, als habe sich nichts verändert seit der Zeit, als wir noch allabendlich gemeinsam um den Tisch saßen.

Während ich also schnippelte, marinierte, würzte, Wasser für den Reis aufsetzte und Öl in der Pfanne heiß werden ließ, saß meine Tochter am Esstisch (fast so wie früher, als sie dort am liebsten für die Schule lernte, während ich oder ihr Vater das Essen zubereiteten). Gerade, als ich die scharf marinierten Hühnchenstreifen in der Pfanne kross anbriet, drang ihre Stimme durch das Gezische und Gebrutzel wie von sehr weit weg an mein Ohr.

„Sag' mal, Maam, wo sind eigentlich deine Einstellungen geblieben?"

Was hatte sie da gesagt? Ich zuckte zusammen, als wäre ich auf frischer Tat ertappt worden. *Meine Einstellungen?* Ich versuchte mich auf die Hühnchenteile zu konzentrieren. Damit die nicht verbrannten, musste ich sie zügig hin und her wenden. Und dann durfte ich auch den richtigen Moment nicht verpassen, das klein geschnittene Gemüse hinzuzufügen. Das darf nicht zu früh sein, sonst hat es keinen Biss mehr. Gleichzeitig schweiften meine Gedanken ab. Die Frage meiner Tochter hatte irgendwie einen wunden Punkt berührt. Und natürlich wollte ich nicht schweigen, so wie meine Eltern früher schwiegen, wenn ich sie Dinge fragte, die mich interessierten: *Wie war das im Krieg? Hattet ihr oft Angst? Habt ihr Menschen gesehen, die gelbe Sterne trugen? Habt ihr euch jemals betrogen? Warum habe ich nicht mehr Geschwister?*

Ich wollte meiner Tochter Antworten geben. Möglichst ehrliche Antworten. War das auch schon so etwas wie eine Einstellung? Ich dachte an mich, als ich so alt war wie sie. Ich trug PLO-Tücher, eine Plakette, die mich als Atomkraftgegnerin auswies und eine, auf der ein Cannabis-Blatt abgebildet war. Auf meinem gelben R 4, den mir meine Großmutter finanziert hatte, klebte ein Schild mit dem Frauenzeichen und der Bemerkung: *Wir erobern uns die Nacht zurück!* Ich wollte Frieden, Liebe, Gerechtigkeit und Gleichberechtigung in der Welt. Schließlich wollten das alle, die ich kannte. Also begab ich mich wie alle auf Demos, klebte Plakate und saß am Stand der neugegründeten grünen Partei in meiner Heimatstadt, um auf die Probleme in der Welt hinzuweisen. Für alle Probleme hatten wir natürlich auch gleich eine Lösung parat. Jedenfalls auf den Flugblättern, die wir verteilten.

Und im Privaten? Wollte ich so leben wie meine Eltern? Niemals! Und doch wünschte ich mir einen Mann, der meine große Liebe sein sollte, und Kinder. Ob meine Eltern die große Liebe füreinander gewesen sind, habe ich nie herausgefunden. Ich hatte sie – aus Angst vor einer möglichen Antwort darauf - erst gar nicht danach gefragt. Ohnehin hätten sie wohl auch dazu geschwiegen... Die große Liebe *meines* Lebens (nie würden wir heiraten, das musste er mir schwören...) und ich würden gemeinsam mit den netten Mitbewohnern unserer WG am Tisch sitzen und über eine bessere Welt diskutieren, während die Kinder Bio-Müsli aus dem Ökoladen essen. So dachte ich mir das. Es blieb dann alles anders...

Denn irgendwie, das stellte sich schnell heraus, gab es nicht nur nette WG-Mitbewohner. Nicht wenige von ihnen konnten, obwohl sie ansonsten nicht müde wurden, sich für ihre progressiven politischen Ansichten zu beweihräuchern, sich in Alltagsdingen als kleinkarierte Idioten erweisen, die spießiger waren, als meine Eltern es jemals fertig gebracht hatten. Ich war schnell desillusioniert. Von Demos, Bio-Müsli, WGs und allem, was irgendwie linksalternativ daher kam. Dazu beigetragen haben mochte auch das Zerwürfnis mit meinem damaligen Freund. Der fühlte sich von mir zu sehr eingeengt, weswegen ich ihn (das sagte er mir ungerührt ins Gesicht) geradezu in die Arme anderer Frauen trieb. Er ging fremd. Ich hatte Schuld. So leicht konnte man sich das machen. Heulend saß ich in der Küche seiner WG unter einem Plakat der Friedensbewegung und hatte Gewaltphantasien.

Aber was waren denn nun meine Einstellungen gewesen? Hatte ich überhaupt jemals welche gehabt? Eigene? Und falls ja: Hatte ich sie verraten, als ich mich für ein kleines familiäres Glück in einem Haus auf dem Land entschied? Als ich dann (spät, aber doch) den Vater meiner Kinder heiratete? Wann hatte ich die PLO-Tücher in die Altkleidersammlung gebracht? Wann beschlossen, keine Sticker für oder gegen etwas auf das Auto zu kleben? War das das Ende von etwas gewesen? Vielleicht sogar eine Resignation? Oder, viel schlimmer noch, gar eine Anpassung? Oder doch, was sich für mich am tröstlichsten anfühlte, einfach die Tatsache, dass Dinge kommen und gehen und Zeiten sich ändern? Was sollte ich meiner Tochter also sagen?

Ich seufzte, während ich das Gemüse zum Hühnchen in die Pfanne warf, kurz anbraten ließ und dann Soja-Soße dazu gab.

„Kannst du mal schnell den Tisch decken!?", rief ich meiner Tochter zu.

„*Mann, Maam*", kam es genervt vom Esstisch zurück. „Ich suche hier immer noch nach deinen Einstellungen."

Da dämmerte es mir. Das gute Kind saß da und war dabei, mein neues Notebook für mich einzurichten.

Ich war ein bisschen erleichtert.

***

Pablo und die Spiegelneurone

Seit einigen Jahren schon darf ich mir hin und wieder Pablo, den Hund von meinen Nachbarn Ella und Jo, für Spaziergänge durchs Feld ausleihen.

Ella und Jo arbeiten hart in ihren Berufen und zusätzlich in ihrer kleinen Landwirtschaft und haben nicht immer Zeit, ihn auszuführen. Ich arbeite auch hart und bin dafür viele Stunden täglich außer Haus, so dass ich bislang hinsichtlich der Anschaffung eines eigenen Hunde-Exemplars noch zögerlich war. Jedesmal, wenn ich überlege, es doch zu tun, stelle ich mir die folgende Frage: Würde ich meinen eigenen Hund tatsächlich noch von ganzem Herzen lieben und ehren können, wenn ich seinetwegen an jedem kalten und dunklen Wintermorgen mit Schnee oder Dauerregen eine Stunde früher aufstehen müsste, um das morgendliche Ausgehen noch vor Arbeitsbeginn unterzubringen? Antwort: *Hm.* Heißt: *Ich bin mir da nicht sicher.* Genau deswegen bleibt es derzeit beim *dog-sharing*-Modell. Es ist alles in allem unter den beschriebenen Umständen ein ideales Arrangement für alle Beteiligten, den Hund eingeschlossen.

Pablo ist ein temperamentvoller, schokoladenfarbener Labrador-Jagdhund-Mischling und benötigt viel Auslauf. Sein diesbezüglicher Bedarf reicht locker für mehrere Gassi-Geher aus. Wenn Ella oder Jo schon mit ihm los waren, springt er mir vielleicht ein kleines bisschen weniger enthusiastisch entgegen. Es ist aber noch nie passiert, dass er mich gelangweilt oder genervt ansieht, nach dem Motto: *Nee, nicht schon wieder, Maann, ich musste gestern bzw. vorhin doch schon...*

Völlig egal ist Pablo eigentlich auch, wie das Wetter ist, solange nicht 35 Grad Celsius im Schatten und erhöhte Ozonwerte herrschen. Dann streikt er allerdings total und versteckt sich ganz hinten im Stall, so dass ich ihn erst gar nicht finde (was vermutlich eine sehr weise und gesunde Reaktion ist).

Ansonsten kann es tatsächlich regnen, stürmen oder schneien, wie es will: Pablos drahtiger Hundekörper bebt und vibriert, juchzende Laute dringen aus seiner Kehle und sein Schwanz gerät völlig aus der Kontrolle, sobald ich durch das große Tor auf den Hof komme. Er führt so ausgelassene Freudentänze auf, dass ich mich an die Pogo tanzenden Punks meiner Jugendzeit erinnere, die sich manchmal derart ungestüm auf der Tanzfläche der Alternativ-Disco (heute würde man *Club* sagen) meines Heimatortes bewegten, dass es schon mal Verletzte gab. Pablo tanzt also seinen Hunde-

Pogo, sobald er mich anrücken sieht. Wenn ich dann vor ihm stehe, hüpft er ihn auch gern mal auf meinen Füßen weiter. Manchmal kriege ich ihn wegen seiner unbändigen Freude fast nicht zu fassen, um die Leine an ihm zu befestigen.

Was mich immer wieder rührt: Pablo freut sich nicht, weil er befördert wurde oder sich ein neues Auto angeschafft oder im Lotto gewonnen hat. Einzig die Aussicht auf einen Spaziergang mit mir durch die Felder versetzt ihn in derart freudige Erregung. Wobei er mich vermutlich eher als Mittel zum Zweck betrachtet, da gebe ich mich eigentlich keinen Illusionen hin.

Eine Freundin hat mir mal erzählt, warum es für Hunde so enorm wichtig ist, draußen herumzulaufen. Nämlich nicht nur wegen der Bewegung. Mindestens genauso entscheidend, sagte sie, sei die Gelegenheit zum Erschnüffeln der Spuren. Für den Hund sei das ungefähr dasselbe, wie für uns das tägliche Ritual des Zeitungslesens: Man erfährt Neuigkeiten! Wenn ich Pablo so zuschaue, wie er neben oder vor mir läuft und dabei mit Hingabe seine Schnauze durch den Boden pflügt, glaube ich beinahe, dass es stimmt, was meine Freundin sagt hat.

An den Rehen, die hin und wieder von weitem zu sehen sind, interessieren den Hund auch nur die Fährten, nicht die Tiere selbst. Noch nie ist er ihnen, wie von mir anfangs befürchtet, hinterher gespurtet. Zum Glück, denn einholen würde ich ihn wohl kaum. Pablo ist ein Meister des Sprints, und es sieht einfach wunderschön aus, wenn er kraftvoll mit gestreckten Läufen wie befreit losrennt, sobald wir den Dorfrand erreicht haben und ich ihn endlich von der Leine lassen kann.

Es gibt so eine magische Grenze, bis zu der er sich von mir entfernt. Dann wird er langsamer, hält inne und fast hat es den Eindruck, dass er solange herum trödelt, bis ich wieder näher an ihn herangekommen bin.

„Wenn er dich nicht mehr sieht, bekommt er es mit der Angst zu tun", hat mir Ella erklärt. „Deswegen wird er dir auch nicht so schnell abhauen. Er fühlt sich unsicher ohne dich, weil er fürchtet, er findet ohne dich den Weg nicht. Wenn du mit ihm gehst, betrachtet er dich als seinen Rudelführer, der weiß, wo es lang geht. In jeder Hinsicht."

Meine bisherigen Erfahrungen bestätigen das: Pablo geht nicht stiften. Allerdings hatte ich ursprünglich mal angenommen, dass Menschen sich – unter anderem - deswegen Hunde halten, weil *sie* sich dann sicherer fühlen. Zum Beispiel bei einsamen Spaziergängen durch Feld und Flur. Das könne man ja auch durchaus, sagt

Ella. Träte mir jemand zu nahe, würde ihr Hund mich nach Leibeskräften beschützen. Davon sei sie absolut überzeugt.

Das beruhigt mich. Und ich finde, der Deal ist absolut o.k. : Pablos Dienste als Gesellschafter und Body-Guard gegen meine als Navigationssystem. Wenn Pablo allerdings um meinen eher rudimentär ausgebildeten Orientierungssinn wüsste, der Stoff für so manchen *running gag* in meiner Familie liefert, hätte er sich vermutlich geweigert, überhaupt jemals mit mir loszuziehen. Da wir nun aber fast immer dieselbe Strecke laufen, allenfalls in zwei leicht unterschiedlichen Varianten, sind ihm meine diesbezüglichen Unzulänglichkeiten bislang wohl noch gar nicht aufgefallen. Wenn ich tatsächlich anfangen sollte, mich auf *diesem* Weg zu verirren, werde ich mich auf Demenz testen lassen.

Ich weiß gar nicht, wann und wie es mir zuerst auffiel, dass Pablo merkte, für welche der beiden Wegvarianten ich mich entschieden hatte und zwar, *bevor* ich es ihm in irgendeiner Form signalisiert hatte. Es ist so mit unserem Spaziergang: Zuerst laufen wir durchs Dorf und dann immer dasselbe Stück Feldweg entlang. Dann, nach ein paar hundert Metern, gibt es die Möglichkeit, eine Runde zu gehen. Dabei kann ich mich entscheiden, ob ich gleich rechts einbiege in einen Grasweg oder ein paar hundert Meter später in einen recht holprigen Schotterweg, der von einer Reihe Kopfweiden gesäumt wird. Beide Wege treffen dann auf eine schmale asphaltierte Nebenstraße, die in unser Nachbardorf führt, und die so wenig befahren ist, dass wir dort kaum einmal einem Auto Platz machen müssen. Je nachdem, welche Einbiegung ich genommen habe, laufe ich die Straße dann in westlicher oder östlicher Richtung entlang, um anschließend auf den anderen Weg zu treffen. Den gehe ich dann zurück.

Nun bog also Pablo, der ja in der Regel voraus rennt, immer - wirklich immer! - so ab, wie ich es mir zuvor überlegt hatte: Wollte ich den ersten Weg nehmen, lief er geradewegs in diesen hinein, lange, bevor ich selbst dort ankam. War meine Wahl auf die andere Variante gefallen, lief er geradeaus weiter und steuerte dann ohne zu zögern den zweiten Abzweig an.

Manchmal versuchte ich, spontan meine Entscheidung zu treffen und nicht an sie zu denken. Pablo erriet sie trotzdem. Dasselbe galt für meine Art, den Weg bis zur ersten Abbiegung zu gehen. Ob mich bewusst eher links oder rechts oder mittig hielt, spielte keine Rolle. Ich testete es aus. Es gab keine Ausnahme. Pablo lag immer richtig.

Einmal revidierte ich meinen zuvor getroffenen Entschluss, pfiff Pablo zurück zu mir, und wir bogen dann doch in den anderen Weg ab. Da wirkte er irritiert und blieb die restliche Strecke auf einer Höhe mit mir (etwas, was er sonst nie tut). Ich hatte das Gefühl, er wäre am liebsten zusammen mit mir umgekehrt. Ich fand Pablos Verhalten nahezu unheimlich, und ich suchte nach einer möglichst rationalen Erklärung. Vielleicht lässt du sowieso den Hund entscheiden, wo ihr lang geht, überlegte ich. Du meinst halt nur, dass du dich festgelegt hast und in Wirklichkeit... Ich schüttelte den Kopf. Nein, so war das nicht!

Ich erwog Ella zu fragen. Schließlich kannte sie Pablo besser als ich. Vielleicht hatte sie eine Idee. Aber dann traute ich mich doch nicht, sie darauf anzusprechen. Wie würde sie es aufnehmen, wenn ich sie fragte, ob Pablo vielleicht Gedanken lesen oder in die Zukunft schauen könne? Ich hatte auf einmal Angst in so eine Esoterikecke zu geraten, weil ich bei einem gewöhnlichen Hofhund telepathische oder andere übernatürliche Fähigkeiten vermutete. Ella würde meine Geschichte bestimmt ihrer Schwiegermutter Liesel weiter erzählen und die ihren Chorschwestern, und über kurz oder lang wäre es im ganzen Dorf herum. Alle würden sich hinter meinem Rücken über mich amüsieren. Bei vorgehaltener Hand fielen hämische Worte wie *typisch zugezogen* und *jau, die aus der Stadt*. Nein, zum Gespött der Dorfbewohner wollte ich nicht werden. Dann behielt ich das Pablo-Phänomen doch lieber weiter für mich.

Eines Tages lag auf einmal dieses Buch bei uns auf dem Sofa. Ich glaube, mein in einer weit entfernten Großstadt unter anderem Philosophie studierender Sohn hatte es bei seinem letzten Besuch vergessen. Gerade wollte ich es in das Regal in seinem Zimmer stellen, da blieb mein Blick hängen am Titel und dem, was darunter stand: *Das Geheimnis der Spiegelneurone.* Das weckte mein Interesse. Ich überlegte es mir anders und legte das Buch neben mein Bett, wo ich es am Wochenende zu lesen begann.

Es war spannend wie ein Krimi, fand ich. Da stand, dass es für das Gehirn keinen Unterschied macht, ob man eine Emotion selbst empfindet oder lediglich bei anderen beobachtet: Es laufen dabei dieselben Prozesse im Gehirn ab. Das war untersucht worden bei Affen, galt auch für Menschen und wahrscheinlich noch für viele andere Lebewesen, las ich. Man hatte sichtbar machen können, dass bestimmte Nervenzellen im Gehirn dafür verantwortlich waren, die man als Spiegelneurone bezeichnete. Hier war also mal eine mögliche wissenschaftliche Erklärung dafür, warum ich immer, wenn ich sehe, dass ein anderer sich wehtut, eine Art Stich oder Brennen in genau der Körperregion spüre, die bei ihm oder ihr gerade verletzt wird. Ganz schlimm war es immer bei den Kindern, wenn die sich geschnitten oder ein Knie aufgeschlagen hatten. Ich fühlte es exakt im selben Finger oder Knie wie sie: ein irgendwie flirrendes, fast schmerzhaftes Kribbeln, das mich oft geradezu schaudern ließ. Empathie basierte, folgte man den Annahmen des Buches, auf biologischen Grundlagen. Faszinierend.

Und dann fiel mir plötzlich Pablo ein. Wenn schon diskutiert wurde, ob selbst Fische und andere in Schwärmen lebende Tiere über diese Spiegelneurone verfügten, hatten Hunde dann nicht auf jeden Fall auch welche? Ich dachte weiter. Konnte es sein, dass Pablo etwas an mir wahrnahm, das ihm verriet, welchen Weg ich einschlagen würde? Zum ersten Mal machte ich mir bewusst, wie eigentlich meine Entscheidung den einen oder eben den anderen Weg zu gehen überhaupt zustande kommt: Es ist mein Gesundheitszustand, der bestimmt, für welchen Weg ich mich entscheide!

Ich rede da nicht gern drüber, aber es ist so, dass ich eine ziemlich blöde Krankheit habe, die Schmerzen mit sich bringt. Zu manchen

Zeiten mehr, zu anderen weniger. Mittlerweile habe ich aufgehört, ihre Intensität mit irgendetwas in Verbindung zu bringen, also mit dem Wetter, falschem Essen oder meiner psychischen Befindlichkeit. Vermutlich haben diese Dinge Auswirkungen. Aber ich habe in all den Jahren nie eine einfache Kausalität ableiten können, so nach dem Motto: Wenn es kälter wird, wenn ich morgens kein Müsli gegessen habe, oder wenn es einen blöden Streit mit meinem Mann gegeben hat, geht es mir schlechter. Es lebt sich besser, seitdem ich mir angewöhnt habe, mich einfach über die Tage zu freuen, an denen es mir relativ gut geht. An den anderen schone ich mich mehr und versuche, sie irgendwie zu überstehen, ohne zu verzweifeln.

Wenn ich nun an so einem dieser nicht so guten Tage mit Pablo unterwegs bin, wähle ich die für mich weniger anstrengende Wegvariante: erst den weichen und ebenen, leichtgängigen Grasweg und die Straße entlang und dann erst, wenn ich mich schon ein bisschen eingelaufen habe, über den Holperweg zurück. Wenn es mir besser geht, mache ich es genau anders herum.

Ist es vielleicht so, dass Pablo schlicht wahrnimmt, ob ich mich gut oder schlecht fühle? Mir kommen die Tränen. Der gute Hund, denke ich. Und dann fällt mir ein, dass ich ja mal ausprobieren könnte, ob ich mit meiner Vermutung richtig liege. Aber ich glaube eigentlich, ich werde das nicht tun.

Es ist einfach eine ungemein tröstliche Vorstellung, dass so ein schokoladenbrauner Labrador-Jagdhund-Mischling mich offenbar versteht. Ohne Worte, ohne einen ärztlichen Befund zu lesen und von mir aus mit Hilfe seiner Spiegelneurone.

***

Krähen vertreiben mit WDR 4

In der schönen Stadt S., die nur wenige Kilometer von unserem Dorf entfernt liegt, gibt es seit einigen Jahren ein Reiz-Thema: Saatkrähen, die sich in großer Zahl in weiten Teilen der Stadt angesiedelt haben. Die Tiere leben in riesigen Kolonien und gebärden sich ... nun, nennen wir es einfach mal etwas unpassend für urbane Lebenswelten: Sie bauen ohne Baugenehmigung ihre Nester in den städtischen Bäumen, ernähren sich hemmungslos von (auf den Straßen herumliegendem) Fastfood und fallen in Gärten und Feldern über die frische Saat her. Bei ihren Aktivitäten machen sie reichlich Lärm und Dreck. Das alles geht insbesondere denjenigen Bürgern der Stadt, die recht unmittelbar betroffen sind, weil sie in der Nähe der größten Krähenpopulation wohnen, im wahrsten Sinne des Wortes tierisch auf die Nerven.

Einigen Einwohnern von S. scheint das Verhalten der Vögel darüber hinaus interessante Möglichkeiten zur Projektion zu bieten. So sind zwei sich geradezu feindlich gegenüber stehende Lager entstanden. Während das eine sich echauffiert, dass die Krähen für die Gesellschaft unhaltbare Ruhestörer, Dreckschleudern und Banditen seien und sie am liebsten – auch unter Einsatz von Gewalt – vertreiben möchte, wird das andere nicht müde darauf hinzuweisen, dass die klugen und sensiblen Tiere seit Jahrhunderten aufgrund ihrer antibürgerlichen Lebensweise zu Unrecht verfolgte Opfer seien, die nun zu Recht unter Artenschutz stünden. Längst gibt es Bürgerinitiativen für und wider die Krähe, die sich in den Hinterzimmern der städtischen Kneipen versammeln und Loriot Stoff für mindestens einen weiteren Film liefern würden, läge der große Komödiant nicht bedauerlicherweise mittlerweile auf dem Friedhof in Berlin-Charlottenburg begraben.

Eine von einem bekannten Mediator begleitete Veranstaltung im städtischen Bürgerzentrum, die eigentlich eine Wiederannäherung und Aussöhnung der beiden feindlichen Gruppierungen zum Ziel gehabt hatte, endete tumultartig und mit gegenseitigen verbalen Verunglimpfungen. Der bekannte Mediator reiste mit seinem Tageskostensatz in der Tasche, aber ansonsten unverrichteter Dinge wieder ab. Ähnlich erfolglos verlief etwas später der Versuch, die Krähen umzusiedeln, indem ein eigens eingekauftes niederländisches Spezialteam deren Nester in Bäume außerhalb des besiedelten Stadtgebiets verlegte: Die Vögel beeindruckte das wenig. Sie kehrten mir nichts dir nichts zu ihren alten Plätzen zurück, wo sie unverzüglich neue Eigenheime für sich und ihre Brut zu errichten begannen. Auch der Krähe, zumindest der westfälischen, geht offensichtlich nichts über die angestammte heimatliche Scholle.

Weil mittlerweile die Brutzeit begonnen hatte, untersagte die Landschaftsbehörde weitere Eingriffe: Vogelschutz sei ein hohes Gut. Ein erboster Landwirt hängte kurz darauf eine tote Krähe in seinen Acker und erhielt umgehend Drohungen von einer besonders radikalen Fraktion von Vogelschützern, die sich *Bewegung Schwarzer Geselle* nannte. Da nützte es ihm auch nichts, dass er später öffentlich beteuerte, das Tier bereits tot aufgefunden zu haben. Für extremistische Krähenfans war er ein Mörder und infamer Lügner, während die Law and Order-Anhänger ihn als Widerstandskämpfer gegen das ihrer Meinung nach unsinnige Artenschutz-Gesetz feierten.

Jeden Tag berichtete der Stadtanzeiger ausführlich über die neuesten Ereignisse an der Vogelfront. Die gegnerischen Parteien bekriegten sich auch mittels ellenlanger polemischer Leserbriefe, die ganze Seiten in der Zeitung füllten. Mein Mann und ich schüttelten in seltener Eintracht den Kopf: *Die in S. mit ihren Krähen. Ja, wenn einem sonst nichts fehlt!*

„Luxusproblem", sagte mein Mann.
„Provinzposse", sagte ich.

Dann kam der Tag, als ein Dohlenpaar sich den Schornstein unseres Kaminofens als Nistplatz aussuchte und eifrig begann, dort Baumaterialien hinein zu werfen. Weil wir das zunächst nicht bemerkt hatten, endete ein geplanter gemütlicher Abend mit dicken Rauchschwaden in unserem frisch renovierten Wohnzimmer, in dem es anschließend noch wochenlang wie im Inneren eines Schwarzwälder Schinkens roch. Als mein Mann am Morgen danach den Schornstein kontrollierte, entdeckte er das Malheur: Drei große Eimer voll dicker knorriger Zweige holte er heraus. Es war fast ein Wunder, dass nicht mehr passiert war.

Das meinte auch unser Schornsteinfeger, dem ich unser Problem telefonisch schilderte. Einen richtigen Brand hätte das verursachen können, ganz zu schweigen von der Gefahr einer Kohlenmonoxidvergiftung. Er riet uns zum Einbau eines speziellen, sogenannten *Dohlen-Abwehrgitters*, das - oben auf dem Schornstein platziert - die Tiere von ihrem Tun abhalten würde. Gleich am folgenden Tag wurde es installiert. Dabei stellte sich heraus, dass der Abzug bereits wieder nahezu mit Nistmaterial vollgestopft war. Wir ließen den Schornstein also auch gleich vom Fachmann säubern und kehren. Dann fuhren wir erleichtert und mit dem Gefühl, alles erledigt und diesen komischen Vögeln ein Schnippchen geschlagen zu haben, übers Wochenende weg, um unsere Kinder zu besuchen.

„Wusstest du eigentlich, dass diese Dohlen sehr eng mit den Saatkrähen verwandt sind?", fragte ich meinen Mann auf der Fahrt. Ich hatte mir gerade auf meinem Smartphone einen entsprechenden *Wikipedia*-Artikel durchgelesen.

„Interessant", antwortete mein Mann, der sich seine Wörter, wenn er hinter dem Steuer sitzt, noch mehr einteilt als ohnehin schon.

„Sie gehören beide zur Familie der Rabenvögel", dozierte ich. „Wobei die Dohle ein typischer Gebäude-Nister ist. Sie liebt Hohlräume in Gemäuern. Da schmeißt sie Zweige so lange 'rein, bis sich einer verkeilt hat, und dann ist die Basis für das künftige Eigenheim gelegt, und der Bau geht munter weiter. Ist also kein Zufall mit unserem Schornstein."

„Bliebe nur noch zu klären, warum sich die Viecher unseren und nicht den von Ella und Jo aussuchen, der ja mindestens genau so hohl ist", erwiderte mein Mann. „Oder den von Ingrid und Hart..."

„Vielleicht haben die längst so ein Abwehrdingsbums?"

„Haben sie nicht. Ich wollte wissen, ob die Teile wirklich was taugen und habe bei ihnen angerufen. Nix Gitter. Keiner von unseren Nachbarn hat eins. Und rate: Auch keiner von ihnen hatte jemals nistende Dohlen auf dem Schornstein!"

Noch bevor ich mir irgendwelche Verschwörungstheorien zurechtlegen konnte, warum das so war, erreichten wir unser Ziel und stürzten uns dort ins Großstadtleben. Wir vergaßen Schornsteine, Dohlen und unseren kompletten Alltag, bis wir am späten Sonntagnachmittag müde, aber erfüllt von den vielen Eindrücken zurückkehrten. Der April zeigte sich in diesem Jahr von seiner launischen Seite. Nachdem wir am Wochenende frühlingshafte Temperaturen hatten genießen können, war es bei uns zu Hause im Westen wieder richtig kühl geworden.

„*Brr*, ist das frisch im Haus", sagte ich nach einer Weile. Der Satz ist üblicherweise das Signal für meinen Mann, mich zu fragen: „Soll ich *dir* den Ofen anmachen?"

Heute schwieg er dazu.

„Mir ist richtig kalt", versuchte ich es weiter. Vielleicht hatte er mir ja eben nicht zugehört.

Keine Reaktion. Nur ein nachdenklicher Blick.

„Dann mach ich mir eben selbst den Ofen an", knurrte ich leise.

„Warte mal lieber", sagte er. „Ich bin ein wenig skeptisch. Gerade eben, als wir ankamen, saßen da wieder diese Viecher oben auf dem Schornstein. Lass' mich grad' nachschauen, ob wirklich nichts im Schornstein drin ist."

Ich stöhnte innerlich auf. So positiv denkend und fühlend mein Mann oft sein konnte (während ich immer gleich das Schlimmste vermutete), in seltenen Ausnahmen pflegte er nach dem Motto *Vorsicht ist die Mutter der Porzellankiste* zu handeln. Offenbar war das hier so ein Fall. Weil nicht er höchstselbst dieses Gitter konstruiert hatte, vermutete ich. Das kannte ich. Wahrscheinlich aus dem gleichen Grund weigerte er sich seit Jahren, ein Flugzeug zu besteigen.

„Kontrollfuzzi", sagte ich also, während er sich auf den Weg nach oben auf den Dachboden machte, um sich zu vergewissern. Zum Glück sagte ich es so leise, dass er es nicht hörte. Denn nicht viel später kam er mit einem Eimer voller Zweige in der Hand zu mir ins Wohnzimmer.

„Hä?", sagte ich.

„Und das ist bloß ein Bruchteil. Im Schornstein steckt mindestens noch dreimal soviel."

Still dankte ich dem Kontrollfuzzi in meinem Mann.

„Du meine Güte, sagte ich. „Haben die Viecher dieses Gitter eigenhändig wieder demontiert?"

Mir fiel Edgar Allen Poes Gedicht *The Raven*

ein, und ich begann mich etwas zu gruseln. Vielleicht konnten diese Rabenvögel wirklich sprechen, und vielleicht konnten sie sogar mit Schraubenziehern umgehen. In meiner Phantasie saß das Dohlenpaar oben auf unserem Dach, ein kleiner Werkzeugkoffer lag aufgeklappt zwischen ihnen, und er krächzte ihr zu: „Inge, reich' mir doch mal den großen Kreuzschlitzschraubendreher an!"

„Das Gitter ist schon noch da", sagte mein Mann und holte mich aus meinem Tagtraum in die Wirklichkeit zurück. „Aber diese Vögel sind wirklich alles andere als dämlich. Die sind einfach dazu übergegangen, kleinere Zweige seitlich am Gitter vorbei in den Schornstein zu werfen."

Wir verzichteten also an diesem Abend auf unser Feuer, und ich rief am nächsten Tag wieder den Schornsteinfeger an, um zu fragen, ob er das momentane Gitter gegen eines austauschen könne, das halte, was sein Name verspreche. Nö, meinte der, andere Dohlen-Abwehrgitter gebe es seines Wissens gar nicht, und normalerweise würde das, was er bei uns angebracht habe, auch seinen Zweck erfüllen.

„Das tut es aber nicht", erwiderte ich. „Die blöden Vögel schaffen es immer noch, genügend Zweige da durch zu schieben."

„Diese Tiere sind nicht blöd, sondern manchmal geradezu beeindruckend schlau", kam es vom anderen Ende der Telefonleitung. „Deswegen werden die sich jetzt bald auch mal verziehen und einen neuen Brutplatz suchen, schätze ich. Auf Dauer wird es ihnen sicherlich zu aufwändig sein, ihre Zweige durch das Gitter zu manövrieren. Warten Sie einfach noch eine Weile ab, dann ist der Spuk mit Sicherheit vorbei."

Wir wollten ihm gerne glauben. Aber was hatte er mit *eine Weile* gemeint?Eine Woche später befanden sich immer noch täglich - zwei bis drei Eimer wurden auch weiterhin damit voll! - Zweige und kleine Äste in unserem Schornstein. Die mussten jedes Mal entfernt werden, wenn wir abends den Ofen in Betrieb nehmen wollten. Am Wochenende schafften wir es, ihn zwei Tage lang durchgehend zu befeuern. Wir taten das trotz mittlerweile fast sommerlicher Temperaturen und in der Hoffnung, es würde die Dohlen endlich zum Aufgeben bewegen. Weit gefehlt. Bereits am Montagabend konnte mein Mann erneut mit vollen Eimern aufwarten. Er schüttete den Inhalt neben der Tanne in unserem Garten aus. Hier bildete das gesammelte Nistmaterial aus unserem Schornstein bereits einen kleinen Hügel, den er mittlerweile sorgfältig mit einer Plane abdeckte. Irgendwann war ihm eingefallen, dass die Dohlen sich sonst allzu leicht aufs Neue mit Zweigen passender Größe eindecken konnten.

„Ich finde nicht, dass diese Viecher so klug sind, wie immer behauptet wird", sagte ich zu meinem Mann. „Das ist alles Quatsch und der reinste Mythos. Denn wenn sie es wären, würden sie doch schließlich mitbekommen, wie vergeblich ihr Tun ist."

Mein Mann antwortete nicht.

„Vielleicht rufst *du* den Schornsteinfeger nochmal an", schlug ich vor. „Und erklärst ihm von Mann zu Mann und auf *gut westfälische* Art, dass er sich gefälligst was einfallen lassen soll, damit das endlich aufhört. Ich finde jedenfalls, er ist in der Pflicht nachzubessern."

Mein Mann regierte wieder mal gar nicht auf das, was ich sagte. Ich ahnte, was in ihm vorging, nämlich: *Bei der Lösung von Problemen verlässt man sich besser nicht auf andere.* Auch so ein Motto von ihm. Seinem Gesicht sah ich an, wie angestrengt er nachdachte, um eine Idee zu entwickeln, wie *er* diesen Dohlen ein für allemal Einhalt gebieten konnte.

Einen Tag später war es soweit. Er stand vor mir in der Küche. In der Hand hielt er das kleine weiße Radio von *Sony*, das eigentlich nur samstags zum Einsatz kommt. Dann macht er es sich auf dem alten Sofa, das auf dem Dachboden steht, gemütlich und hört sich damit die Bundesliga-Berichterstattung an.

„Sag' mal, Adele, wie hieß noch gleich dieser gräßliche Sender, den deine Mutter früher manchmal bei der Hausarbeit gehört hat?"

Ach, meine Mutter. Sie ist nun schon so viele Jahre tot. Wenn sie ich sie besuchte, und im Radio dudelte deutsche Schlagermusik vor sich hin, während sie Kartoffeln schälte oder die Fenster putzte, sagte ich so etwas wie: „Dass du dir so einen Scheiß anhören kannst, Mama!"

Und sie entgegnete dann: „Ach, ich hör' da gar nicht so genau hin, weißt du. Ist ja nur, weil es sonst so still ist um mich herum."

Plötzlich tat es mir entsetzlich leid, dass ich ihr das jemals gesagt hatte. Was gäbe ich darum, noch einmal mit ihr in ihrer Küche zu sitzen, die immer so heimelig unaufgeräumt war und ihre unvergleichlichen Eierpfannkuchen zu essen, meinetwegen auch mit Musik von Udo Jürgens im Hintergrund.

„Das war WDR 4", sagte ich zu meinem Mann. „Aber warum in aller Welt willst du das wissen?"

„Lärm. *Sie hassen Lärm*", sagte er.

Ich verstand nicht.

„Wer hasst Lärm?"

„Rabenvögel mögen keinen Lärm! Ich hab' Jo gefragt. Der ist schließlich diplomierter Landwirt und muss es wissen. Deswegen stellen die Bauern in den Feldern ja auch manchmal diese Selbstschussanlagen auf. Der Krach vertreibt die Saatkrähen."

Allmählich dämmerte mir, was er vorhatte. Und so geschah es: Nachdem ich ihm WDR 4 und die volle Lautstärke in seinem Mini-Radio eingestellt hatte, hängte mein Mann es oben im Schornstein auf. Das kleine Gerät schmalzte, jodelte und wummerte drei Tage und Nächte nonstop, was die Batterien hergaben. Als wir am vierten Tag schließlich nachschauten, fanden wir nur noch einziges, kümmerliches Zweiglein. Die Dohlen hatten aufgegeben und starteten - auch nachdem wieder Stille eingekehrt war – tatsächlich kein neues Bauvorhaben.

Bleibt abzuwarten, ob sich unsere WDR 4-Schornsteindisco im kommenden Jahr zur Dohlenbrutzeit erneut bewähren wird. Falls ja, hatten wir schon geplant, Patentschutz anzumelden und der Stadt S. unter Beteiligung der Firma *Sony* und des WDR ein maßgeschneidertes Produkt anzubieten, das endlich nachhaltig und relativ gewaltfrei das dortige Krähenproblem beseitigen würde. Preislich hätten wir es so kalkulieren können, dass es die Honorare für Mediatoren und ausländische Spezialteams locker unterboten hätte. Aber dann fiel mir ein, dass sich die Energien der Bürgerinitiativen dann vielleicht gegen uns richten würden. Endlich wären sie sich zumindest in einem einig: gegen uns zu sein. Ich sah sie schon mit Transparenten auf der Straße vor unserem Haus aufmarschieren. Auf den einen würde so etwas stehen wie: *Mit Höllenmusik gegen unschuldige Krähen: Niemals!!!"* Und auf den anderen würde es sinngemäß heißen: *Nur 'ein bisschen Frieden' für Anarcho-Krähen??? – Lächerlich! Wir fordern: Schlagen statt Schlagern!*

Da wäre es dann vorbei mit der Ruhe in unserem beschaulichen Dorf. Die Nachbarn würden uns deswegen nicht mehr mögen, uns vielleicht sogar mobben, wir müssten wegziehen, und das alles will ich lieber nicht. Also doch kein Geschäftsmodell *Krähen vertreiben mit WDR 4**. Schade ist es eigentlich um diesen Slogan, finde ich. Der war richtig gut! Aber vielleicht gibt es mal eine andere Gelegenheit, ihn zu verwenden...

***

*Nachtrag zur 2. Auflage: Ob die mittlerweile bei WDR 4 erfolgte Programmumstellung auf englischsprachige Unterhaltungsmusik von ähnlicher Wirkung wäre? Wir wissen es leider nicht: Seit einigen Jahren schützt unseren Schornstein lautlos (aber effektiv!) ein neues XXL-Dohlen-Abwehrgitter

Aus meinem Leben vor dem Landleben, vor langer, langer Zeit und nach wahren Begebenheiten...

Eine junge Frau – nennen wir sie ruhig Adele - ist (wir schreiben die 1980er Jahre) in einem verrostenden hellblauen R4 allein auf dem Weg nach Berlin-West zu ihrer Freundin. Sie ist guter Dinge und fühlt sich leicht und lebendig und sehr frei.

Sie will die Grenzanlagen in Marienborn passieren, als es geschieht: Sie übersieht einen Vorposten, fährt zu schnell an ihm vorbei. Es ist warm. Adele trägt eine Sonnenbrille, durch die geöffneten Schiebefenster weht der Frühlingswind und lässt ihre Haare und den bunten Schal, den sie trägt, flattern. Aus dem Kassettenrecorder ihres Autoradios kommt laute, ziemlich laute Musik.

Zu spät realisiert sie: Oh Gott! Sie hätte anhalten müssen, um ihren Pass vorab kontrollieren zu lassen. Eigentlich kennt sie das absurde Ritual, das dieser absurde Staat vollzieht, damit man hinein- und wieder hinauskommt. Dass nun auch noch vor der eigentlichen Begutachtung ihres Reisepasses eine weitere erfolgt, ist ihr neu oder sie hat es seit dem letzten Mal vergessen, komplett verdrängt. Die junge Adele erschrickt sich fast zu Tode, als sie ihren Fehler bemerkt. Sie macht eine Vollbremsung, legt den Rückwärtsgang ein und setzt zurück. Der Grenzsoldat, neben dem sie schließlich wieder anhält, schüttelt den Kopf.

„Ihr Pass!", sagt er. Und dann: „Setzen Sie die Brille ab!"

Er verzieht keine Miene dabei und mustert sie ausführlich mit kalten starren Augen unter der grauen Uniformmütze.

„Streng genommen haben sie soeben einen Verstoß gegen das Transitabkommen begangen."

Adele schluckt und spürt ihr heftig schlagendes Herz. Ihr ist Angst und Bange. Mit zitternden Händen reicht sie dem Mann ihren grünen Reisepass, den er ausdruckslos studiert, ewig lange Minuten, scheint es ihr. Schließlich darf sie weiterfahren zum nächsten Kontrollpunkt.

Alles nochmal gut gegangen, denkt sie. Und während sie einen tiefen Atemzug macht, kehrt ihre Aufmerksamkeit zurück zu der immer noch sehr lauten Musik im Auto.

Freddy Mercury singt sein Lied *I want to break free.*

***

Wie Reinhard 1,2,3 einen Trecker kaufte

Irgendwie tun es mittlerweile fast alle: Kaufen bei *Ebay*. Selbst Leute, die das Internetkaufhaus zunächst als weiteren Auswuchs einer entfesselten globalen Konsumgesellschaft anprangerten, erliegen mittlerweile der Verlockung, zum Beispiel für 7,50 € einen Satz Kochlöffel aus echtem kanadischen Ahorn zu ersteigern, der bei *Manufaktum* locker das Zehnfache kostet.

Meine Nachbarin Ingrid ist bekennender *Ebay*-Fan der ersten Stunde und ein echter Profi beim virtuellen Shoppen. Ob fabrikneue E-Bikes oder eine Palette direkt importiertes ligurisches Olivenöl - beides natürlich zum *sa-gen-haf-ten Schnäppchenpreis* -, Ingrid findet alles, was sie sucht, und kriegt dann meist auch noch den Zuschlag. Das liegt vermutlich daran, dass sie Tag und Nacht online und bei *Ebay* eingeloggt ist, damit sie jederzeit die Auktionen verfolgen kann, die sie interessieren. Und es gebe außerdem, so hat sie mir verraten, *gewisse Erfolgsstrategien*, in die sie mich immer schon mal einweisen wollte.

Jetzt ist es soweit. Wir haben uns dafür am Samstagnachmittag bei ihr zu Hause verabredet. Ingrid empfängt mich am Küchentisch, mit ihrem Laptop, einer Flasche Sekt und in allerbester Stimmung. Eigentlich ist *Ebay* nichts für mich. Als ich einmal bei meinen wenigen Versuchen die Chance hatte, einen Deal für mich perfekt zu machen, befielen mich in der allerletzten Sekunde Zweifel: Willst du das wirklich? Ist das jetzt echt günstig? Passt dir diese Schuhgröße tatsächlich? Ist der Verkäufer überhaupt seriös oder so ein gemeiner Hallodri wie der Typ, über den neulich in *Plusminus* berichtet wurde? Nach Strich und Faden hatte der seine Kundschaft belogen, betrogen und letztendlich um ihr Geld geprellt...

Während ich so vor mich hin dachte, war es auf einmal zu spät. Die Auktion war beendet, und über die Schuhe von *Tod's* („Nur einmal getragen!") für 60,00 € freut sich jetzt eine Frau, die im entscheidenden Moment einfach fokussierter war als ich. Und cooler. Vielleicht handelte es sich sogar um Ingrid, aber ich glaube, sie hat eine andere Schuhgröße.

Dennoch nahm ich mir von Zeit zu Zeit vor, auch mal wieder bei *Ebay* zu schauen, wenn ich etwas günstig kaufen wollte. Aber in den seltensten Fällen tat ich es auch. Dann war ich im Laden und erwarb zum Beispiel neue Geschirrtücher, weil die alten *auf* sind, wie man bei uns auf dem Dorf so schön sagt, wenn etwas Neues her muss. Erst da fiel mir ein: Du wolltest ja... Ach, egal. Jetzt stand ich schon an der Kasse und war gleich dran...

Auch Ingrids Mann Reinhard, den Freunde und Nachbarn *Hart* nennen dürfen, konnte der *Ebay*-Leidenschaft seiner Frau nichts abgewinnen, was noch nicht einmal mit den vom gemeinsamen Konto getätigten Überweisungen zusammenhing. Denn es war weniger das Geldausgeben als *Ebay* an sich, was Hart störte.

Unser Nachbar ist durch und durch ein Mann des Handfesten. Er kann nicht nur von Berufs wegen landwirtschaftliche Geräte und Fahrzeuge reparieren, sondern auch Schrottskulpturen zusammen schweißen, die auf jedem Design-Wettbewerb mithalten könnten. Mir hat er schon drei von seinen Kunstwerken geschenkt. Sie rosten in unserem Garten dekorativ vor sich hin, und ich bin überzeugt, dass ich sie für ziemlich viel Geld in der Großstadt als *Modern Land-Art* verkaufen könnte (was ich niemals im Leben tun würde). Legendär ist auch Harts Kartoffelsalat mit sauren Gurken, Fleischwurst und Mayonnaise. Hundert Gramm davon enthalten vermutlich genügend Kalorien, um im Handumdrehen dieselbe Menge Hüftspeck zu produzieren. Aber er schmeckt himmlisch lecker, besonders zur Bratwurst vom Grill.

Hart ist sehr stolz darauf, Urgestein des Dorfes zu sein, ein Status, den man nur erreicht, wenn man nachweislich seit mindestens fünf Generationen ortsansässig ist. Das damit verbundene

Image pflegt er ebenso hingebungsvoll wie seine beiden Oldie-Trecker, die in einer Scheune neben seiner Werkstatt stehen. Kurz und gut: Im Internet zu shoppen, passt einfach nicht zu Hart, wie ihn die Welt und auch nicht dazu, wie er selbst sich sieht. Ein Mann von seinem Schlag gibt sein Geld im Landmaschinenhandel, im Raiffeisenmarkt oder allenfalls noch in der Kneipe aus, nicht aber bei *Ebay*! Dass seine Frau es tat, war peinlich genug!

Dann aber kam die Nacht, die alles auf den Kopf stellte. Die Nacht, in der Hart dem virtuellen Kaufrausch verfiel. Schuld daran war seine bereits oben erwähnte Liebe zu alten Treckern, der Alkohol sowie - seiner Meinung nach vor allem - Ingrid, die sich nicht bei *Ebay* ausgeloggt hatte, bevor sie ins Bett gegangen war.

Der Tag, der dieser Nacht vorausging, war der erste Mai, an dem unsere Nachbarn traditionell einen gemeinsamen Ausflug mit dem Trecker unternehmen. Um auch wirklich genügend vom Tag zu haben, trifft man sich sehr früh am Morgen, sitzt dann – abgesehen vom Verzehr alkoholhaltiger Getränke – weitgehend tatenlos auf einem möglichst geräumigen Anhänger herum (das Steuern des Treckers übernimmt meist einer der fahrberechtigten Teenager-Söhne) und schaukelt relativ sinnfrei einmal quer durch die Nachbar-Dörfer und wieder zurück. Im Anschluss findet ein gemeinsames Grillen und Weitertrinken statt, das in schöner Regelmäßigkeit in - zugegebenermaßen fröhliche - Exzesse mündet, deren Nach- und Nebenwirkungen zugezogene Einwohner wie meinen Mann und mich eher von der Teilnahme abhalten.

An dem besagten ersten Mai hatte sich Ingrid abends etwas eher von der geselligen Runde zurückgezogen und sich gleich ins Bett gelegt. Woran es auch immer gelegen hatte, sie war *nicht ganz so gut zurecht* gewesen, was aus dem Westfälischen übersetzt soviel heißt wie: *Es ging mir echt sch...* . Hart war erst spät in der Nacht nach Hause gekommen, als seine Frau schon so tief geschlafen hatte, dass sie nichts mehr davon mitbekam.

Erst am übernächsten Tag las Ingrid eine Email, die bei ihr eingegangen war. Sie las sie dreimal und schüttelte den Kopf. Da behauptete doch glatt jemand, sie habe bei ihm über *Ebay* einen *Röhr 12R* , Baujahr 1952, gekauft, der nun zur Abholung in einem Kaff namens Schachen bereit stünde. Auch war eine Kontonummer angegeben, auf die der Kaufpreis von 4999,00 € überwiesen werden sollte. Was war das? Ein schlechter Scherz? Oder ein netter Versuch sie hereinzulegen? Aber wer überwies denn fast 5000 € im Glauben, er habe einen Trecker ersteigert? *Ausgerechnet einen Trecker!* Ingrid schüttelte den Kopf noch einmal, diesmal heftiger und schickte sich an, die Nachricht zu löschen. Doch dann wurde ihr auf einmal ganz heiß und schwindelig: Ein *Röhr 12R* aus dem Jahr 1952? Passte der nicht genau in das Beute-Schema ihres treckerverrückten Gatten? Sollte *der* etwa?

„*Haaart!*" Ingrids Schrei scheuchte nicht nur ihren altersschwachen Dackel Heinzi von seinem Lager auf, sondern erreichte sogar die Ohren ihres Mannes, der im Obergeschoss des Hauses gerade aus der Dusche stieg und sich abtrocknen wollte. Im Glauben, Ingrid sei etwas zugestoßen, eilte er mit dem Handtuch um die Hüften gewickelt nach unten.

„Spinnst du?", sagte er zu ihr, nachdem er sie lebendig und unverletzt mit ihrem Laptop am Küchentisch sitzen sah.

„Ich dachte, dir ist sonst was passiert, so wie du hier 'rum krakeelst!"

„Ich hoffe, dass ich spinne und nicht du", antwortete Ingrid. „Also, Hart, sag' mir bitte auf der Stelle, dass du keinen *Röhr 12R* über *Ebay* gekauft hast!"

„*Ich? Was? Gekauft? Bei Ihbäh? Nie im Leben!* Wie kommst du denn da drauf? Ich weiß noch nicht mal, wie das geht."

Ingrid schwieg. Sie las noch einmal, diesmal sorgfältig und in aller Ruhe die Email durch. Die kam ihr immer authentischer vor. Schließlich griff sie zum Telefon und wählte die vom Absender angegebene Nummer. Hart stand derweil immer noch im Türrahmen, nur mit dem Handtuch bekleidet. Um ihn herum bildete sich eine kleine Wasserpfütze, weil er sich nicht richtig abgetrocknet hatte. Während Ingrid dem Freizeichen im Apparat zuhörte, sah sie, wie ihr Mann anfing, sich auf eine gewisse, ihr sehr vertraute Art, am Kopf zu kratzen. Da wusste sie Bescheid. Sie legte auf, bevor ihr Anruf angenommen wurde.

„Haaart?"

„Ich krieg' da gerade so etwas verschwommene Erinnerungsfetzen geliefert", sagte ihr Mann kleinlaut.

„Hart, du hast doch nicht etwa... ?"

Hart hatte tatsächlich. In der Nacht auf den zweiten Mai hatte er, der erklärte *Nicht-Ebay-User*, alle Vorurteile und jedwedes Image-Bewusstsein hinter sich gelassen.

„Ich wollte ja nur mal schauen, was du da bei dem *Ihbäh* immer so anstellst" sagte er zu Ingrid.

So hatte er, während er in der Küche saß und noch einen *allerletzten kleinen Absacker* zu sich nahm, den Deckel vom Laptop hochgeklappt und war – *haste nich gesehen* – bei *Ebay* gelandet. Und dann war da, nachdem er – „echt rein aus Spass, Ingrid, ich schwör!" - *Trecker, alt* in die Suchleiste eingegeben hatte, wie aus dem Nichts dieses hellblaue Schmuckstück auf dem Bildschirm erschienen. Da hatte Hart, entzückt von seiner unerwarteten persönlichen PC-Kompetenz, überwältigt von der Schönheit des antiken Objektes und enthemmt von einigen Bierchen und diversen Pinneken* *Nordfeuer* einfach mal den Button *Sofort Kaufen* betätigt. Danach hatte er sich schlafen gelegt und wohlweislich alles vergessen.

„*Nee, Hart*", sagte Ingrid.

„Doch, Ingrid."

„Und du weißt auch, *wo* dieser Trecker steht, den du da gekauft hast?"

„So ungefähr. *Ähm.* Wo war das jetzt gleich noch mal?"

„In Schachen. Du weißt hoffentlich auch noch, wo das *ungefähr* liegt!"

„Bei Ennigerloh**?"

„Knapp vorbei, Hart. Bei Lindau. Am Bodensee." Da rutschte ihm dann auch noch das Handtuch von den Hüften.

So kam es, dass Hart und Ingrid sich mit einem sehr großen Hänger an einem der folgenden Mai-Wochenenden auf den Weg in den Süden machten, um Harts Errungenschaft von einem ehemaligen Weinbauern abzuholen, der das gute Stück einst von seinem Opa geerbt hatte, es nun aber aus Platzgründen nicht mehr behalten konnte. Selbst der war überrascht, von wo aus sein Geschäftspartner anreisen wollte und bot ihm sogar an, dass er gegen Erstattung seiner Anzeigenkosten vom Kauf zurücktreten konnte. Aber da kannte er den waschechten Westfalen Hart schlecht. „Ein Mann steht zu seinem Wort, auch im Suff! *Gekauft ist gekauft!* Ingrid, du nimmst dir Freitach frei, und wir fahren da hin!", hatte der verlauten lassen.

Ingrid lacht. Wir sitzen immer noch mit der - nun bereits halbleeren - Sektflasche zwischen uns an ihrem Küchentisch und schauen uns auf meinen Wunsch hin günstige Designermöbel bei *Ebay* an. Gerade hat sie mir diese ganze Geschichte von Hart, *Ebay* und dem Trecker erzählt.

„*Boa*", sage ich. „Wenn das bei uns passiert wär... Ich glaub', ich hätte Johan mit Scheidung gedroht. Mindestens."

„Ach weißt du", sagt Ingrid sanft und schenkt mir Sekt nach. „Hart kriegste ja so schlecht mal weg von hier. Und ich wollte immer schon mal an den Bodensee. Insofern... Prost... auf *Ebay*!"

*Pinneken = Schnapsgläschen
**Ennigerloh = Stadt im Kreis Warendorf (Münsterland)

***

Aufs Land gekommen

Ich hatte immer angenommen, dass jemand wie ich in die Großstadt gehört. In so eine richtige Metropole wie Berlin, Hamburg oder München. Nur missliche Umstände hätten das immer wieder verhindert, redete ich mir lange Zeit ein. Da waren zum Beispiel die fragwürdigen Verfahren gewesen, derer sich weiland die ZVS* bediente, um mich nach meinem Abitur einer Universitätsstadt im Westen der damaligen Bundesrepublik zuzuweisen. Die lag nicht nur mitten im Ruhrgebiet, sie bediente auch perfekt jedes Klischee der Region von der Kohlenhalde über die Taubenzucht bis zur Eckkneipe. Die immer schon dort Ansässigen (die natürlich auch zum Studieren blieben) bejubelten das (und sich selbst natürlich auch) als ungeheuer geradlinig und authentisch. Aber ich wollte doch nach der Schule und meiner Kleinstadt-Sozialisation Größe, Weite und einen möglichst unkonventionellen Lebensstil (was ich mir auch immer darunter vorstellte...). Wie sollte das hier bitteschön gehen? Kein urbanes Flair, nirgends!

Ich fühlte mich betrogen und unglücklich, beinahe depressiv. Zum Studieren kam ich auch irgendwie nicht, weil ich die ganze Zeit in meiner Zwei-Zimmer-Dachgeschoss-Wohnung auf dem

Bett lag, nach draußen in die kahlen Bäume und in den wolkenverhangenen Himmel starrte und heulte.

Es war der Winter, in dem John Lennon starb. Auch das noch. Alles war grau und trist, und ich hatte hier niemanden außer meiner Schwester, die ein paar Straßen weiter wohnte. Sie gab sich alle Mühe, mich beim Eingewöhnen zu unterstützen, aber letztendlich vergeblich. Ich wollte wieder weg. Und das so schnell wie nur möglich.

Weil mein damaliger Freund zunächst in unserer gemeinsamen niedersächsischen Heimatstadt geblieben war (was auch einen nicht unbeträchtlichen Teil meiner miesen Stimmung verursachte), wechselte ich zum Sommersemester an die Universität im vergleichsweise idyllischen, aber noch provinzielleren Göttingen, um zumindest ihm wieder näher zu sein. Niemals würde ich so etwas noch einmal tun, schwor ich mir kurz darauf... Ich hatte meine Bücherkiste in meinem neuen Zimmer noch nicht fertig ausgepackt, *schwupps*, da war die Beziehung zu Ende, und ich saß schon wieder in einer Stadt, die ich mir freiwillig nie ausgesucht hätte. Diesmal konnte ich allerdings noch nicht einmal der ZVS die Schuld dafür geben.

Frustriert fuhr ich erst einmal meine Freundin

Selma besuchen, die in Berlin eine Ausbildung machte. Sie wohnte in Kreuzberg in einer wahnsinnig schick herunter gekommenen Wohnung mit riesigen Fenstern, kaputtem Parkettboden und Ofenheizung. Berlin war an den meisten Ecken alles in allem genau so fertig wie Selmas Wohnung. Aber auch genauso schick, fand ich. Überall waren junge, interessante Menschen, und überall war etwas los. Wir besuchten Konzerte und Kneipen und lagen in der Sonne im Park. Es gab unendlich viel zu sehen, zu entdecken und zu bestaunen. Und es gab eben Selma in Berlin, die ich schon so lange kannte, mit der ich über alles in meinem Leben reden und lachen und weinen konnte wie mit niemandem sonst auf der Welt.

„Ich komme ganz zu dir, spätestens nächstes Jahr", versprach ich ihr also beim Abschied - und hielt mein Versprechen dann doch nicht. Es lag natürlich an einer neuen Liebesgeschichte...

Ich verfluchte mich dafür, dass ich mein Herz wieder so schnell verloren hatte und noch mehr, dass ich auch noch sofort bereit war, meine Pläne für einen anderen Menschen aufzugeben. Mein damaliger Mann (der im übrigen auch mein jetziger ist) weigerte sich ausdauernd, mit in die Stadt meiner Träume zu gehen. Und ich wollte nicht ohne ihn dort hin. Ich blieb also in Göttingen hängen, jedenfalls ein ganzes Studium lang.

Hin und wieder besuchte ich Selma und mein Patenkind, das sie mir zu meiner großen Freude schenkte, ein wunderschönes Mädchen namens Hannah. Was ich von meinen Aufenthalten mitbrachte waren eine – dank Selma - wachsende Ortskenntnis (denn sie war zwischenzeitlich erst von Kreuzberg nach Moabit, dann nach Schöneberg, anschließend erneut nach Kreuzberg und darauf nach Charlottenburg gezogen) und ziemlich hippe Großstadt-Outfits (die im Rest der Republik immer erst viel später ankamen). So stöckelte ich 1984 auf schwarzen Pumps zur engen Jeans mit weitem Männerhemd und im Second-Hand-Trenchcoat durch die Weender Straße zur Göttinger Uni und fühlte mich ziemlich cool inmitten der mich umgebenden lila Latzhosen und pflanzengefärbten Schafwollpullover.

Überhaupt fand ich, dass Jeans, Trenchcoat und Pumps so etwas wie die zu mir passende Lebensform schlechthin symbolisierten. Und die war natürlich auf jeden Fall großstädtisch. Ich passte einfach nicht zu diesem engen Göttingen, über das ja bekanntlich schon Heinrich Heine gespottet hatte, was das Zeug hielt. Wie hätte er Göttingen wohl in den 80er Jahren des 20. Jahrhunderts beschrieben? Die

Stadt, berühmt durch ihre Soja-Würste und Universität?

Nach meinem Studium trennten sich Wohnsitze und Wege von mir und meinem Mann für eine Zeit. Er blieb in Göttingen, ich zog weg, um Arbeit zu finden. Wir fanden uns wieder, zogen erneut zusammen und ein bisschen hierhin und dorthin, strandeten für ein paar Jahre in der Kleinstadt, in der ich aufgewachsen bin, bekamen dort zwei Kinder und verloren ein Geschäft, das Geschäft meiner Eltern. Wir hatten es beherzt übernommen, hatten viel Geld und Zeit investiert und uns an die Grenze des Burnouts gearbeitet. Am Ende waren wir zu jung, zu unerfahren und vielleicht auch von allem, was wir machten und wie wir es machten, nicht überzeugt genug gewesen. Alles perdu, einmal den Bach 'runter. Finanziell kamen wir mit einem blauen Auge davon. Aber wir wollten einen Neuanfang, fern von den Ereignissen um unsere geschäftliche Pleite.

So kamen wir nach Westfalen, aufs Land. Meine Schwester wohnte 50 Kilometer entfernt von dem Dorf, in dem wir beschlossen hatten uns niederzulassen, und in der nahegelegenen Kreisstadt hatte ich mal vor vielen Jahren einen Bekannten besucht, der dort zeitweilig gewohnt hatte. Das war auch schon alles, was uns bislang mit der Region verband. An einem nebligen Februartag standen wir mit einem Umzugswagen und zwei kleinen Kindern vor einem Haus, das meine Mutter gerade für uns gekauft hatte, an der Hauptstraße des Dorfes. Ich denke ja immer sehr stark in Filmen, die mich mal beeindruckt haben. An diesem Tag fiel mir *Gilbert Grape* mit Johnny Depp ein, deutscher Titel: *Irgendwo in Iowa*.

Das Haus war weder typisch ländlich noch besonders hübsch oder romantisch und lag mitten im alten Ortskern. Es war ein einfaches, zweckmäßiges Haus mit zwei Wohnungen, für dessen Erwerb die noch vorhandenen Ersparnisse meiner Mutter ausgereicht hatten. Wir zogen in die obere Wohnung ein, meine Mutter in die untere. Ich erinnere mich, dass erst Tage später langsam in mein Bewusstsein sickerte, was ich getan hatte. Was hatte ich über meine bisherigen Wohnorte befunden: *Zu klein? Zu eng? Zu langweilig?*

Dieses Kaff hier hatte ganze 700 Seelen -meinetwegen 705 nach unserem Zuzug –, und ich kannte (mit Ausnahme meiner Familie) keine einzige davon. Ich war noch nicht einmal sicher, ob ich überhaupt eine kennenlernen wollte. Wer wusste schon, wie diese Dörfler so drauf waren? Was hatten wir uns bloß dabei gedacht, uns ausgerechnet hier niederzulassen, in einem Ort, irgendwo in Westfalen, in dem es weder eine Schule noch ein Geschäft gab? In dem der gesellschaftliche und kulturelle Höhepunkt des Jahres das Schützenfest war und die Gartenzäune vermutlich Ohren hatten? Hatten wir überhaupt gedacht?

Heute, viele Jahre und Erfahrungen später, glaube ich beinahe, dass wir das - zum Glück - tatsächlich versäumt hatten.

*Zentralstelle für die Vergabe von Studienplätzen

***

Kulturschock, welcher Kulturschock?

„Meine Güte", sagten alte Freunde, die uns besuchten, kurz nachdem wir aufs platte westfälische Land gezogen waren. „Wie verkraftet ihr das hier bloß? Der Kulturschock muss ja enorm sein!" *Kulturschock?* Wir schrieben noch Prä-Internet-und-*Wikipedia*-Zeiten. Ich schaute in meinem *Duden*-Wörterbuch nach, was das Wort bedeutete: *schreckhaftes Erleben kultureller Andersartigkeit.*

Schnell überlegte ich mögliche Kulturschocks, die ich erlitten haben könnte: damals vielleicht, als ich zum ersten Mal bei Ella und Jo auf den Hof gekommen war, um ein paar Eier zu kaufen und zunächst auf ihren jüngsten Sohn getroffen war? Matthes, zu der Zeit dreijährig, saß auf einem Plastik-Trampeltrecker mit Anhänger und fuhr mit wehendem blonden Haar waghalsig schnelle Runden auf dem Pflaster vor dem Deelentor*. Als er mich sah, stoppte er jäh und schaute mich anschließend ebenso schweigend wie skeptisch an.

„Hallo", hatte ich gesagt, und dann, um irgendwie mit ihm ins Gespräch zu kommen: „Toller Trecker, den du da fährst!"

Ich erntete einen vernichtenden Blick. Bislang hatte ich nicht geglaubt, dass Kinder so gucken können, wie Matthes in dem Moment, als er mich ansah und mir schließlich entgegnete:

„Das ist ein Güllewagen!"

Ich lernte daraus: So wie das Volk der Inuit fünfzig verschiedene Arten von Schnee kennt und diesen unterschiedliche Bezeichnungen gibt, lernen westfälische Landkinder offenbar schon in sehr jungen Jahren, diverse landwirtschaftliche Nutzfahrzeuge auseinander zu halten und adäquat zu benennen. Aber war ich darüber geschockt gewesen?

Oder hatte ich etwa einen Kulturschock erlebt, als ich auf der ersten Geburtstagsfeier im Dorf, zu der wir *Tautrockenen*** eingeladen wurden, in meinen besten Ausgeh-Klamotten und hochhackigen Schuhen erschien, um dann festzustellen, dass man hier eigentlich zu jeder Jahreszeit und bei fast jedem Wetter die Feste draußen am Stehtisch begeht? Ich hatte mir zwar in meinem schwarzen *Blacky-Dress*-Fummel eine dicke Erkältung geholt und mir für die nächste Fete eine Fleece-Jacke, Turnschuhe und Wollsocken zugelegt, das war aber auch schon alles.

Ehrlich gesagt, fand ich es schnell eher praktisch als schockierend, dass man sich bei gesellschaftlichen Anlässen jedweder Art in unserem Dorf nie über die ansonsten obligatorische Kleiderfrage Gedanken machen muss, solange man bequeme, warme und möglichst wetterfeste Garderobe und Schuhe im Schrank hat. So kann man sich völlig auf das konzentrieren, was wesentlich ist: schnell, viel und fettig zu essen, um möglichst bald eine *Grundlage* für die stets in größeren Mengen zu konsumierenden alkoholhaltigen Getränke zu haben.

Selbst als mein Mann eines Tages beim Schützenfest mitmarschierte, weil er eine Wette gegen unseren Nachbarn Reinhard, genannt Hart, verloren hatte, hielt sich der Schock in Grenzen. Gut, ich war ganz froh, dass niemand aus unserer damaligen linksintellektuellen Göttinger Clique Zeuge wurde, wie Johan - in geliehener blauer Schützenjoppe und -mütze mit einem fliedergeschmückten Holzgewehr über der Schulter - an der Seite von Hart und zu den Klängen eines Spielmannszuges durchs Dorf lief. Hatte Johan nicht immer behauptet, eher würde er, der eingefleischte Fan von Schalke 04, sich ein Bayern-Trikot anziehen als eine Schützenuniform? Als ich ihn am Morgen des Umzugs - während ich ihm ein weißes Hemd dafür bügelte – daran erinnerte, erklärte er mir lapidar, man löse halt verlorene Wetten ein. Das sei unter Männern eine Frage der Ehre, zumal hier auf dem Dorf. Und irgendwie sei einmal ja auch kein Mal.

Dann zog er los und amüsierte sich prächtig

mit Hart, der ihm die ganze Zeit Geschichten von früher erzählte, zum Beispiel, wie die männliche Dorfjugend am sogenannten *Dullentag**** bei einem ganz besonderen Fußballspiel gegeneinander angetreten war. Die Partie war als *FC Nackt gegen FC Unterhose* in die Dorfannalen eingegangen und endete 2:1 für die FKK-Fraktion aus dem Oberdorf. Johan könne doch eigentlich auch ganz passabel den Ball treten, hatte Hart noch bemerkt. Da könne man ja mit seiner Beteiligung eventuell mal eine Neuauflage der legendären Begegnung ins Auge fassen…Au ch mein Mann reagierte bei aller gefühlten Andersartigkeit nicht besonders schreckhaft. Allerdings erklärte er Hart ebenso ruhig wie freundlich, dafür stünde er leider nicht zur Verfügung.

Mittlerweile haben wir uns an die meist ähnlichen Reaktionen von Freunden und Bekannten, die bei uns zu Gast sind, gewöhnt: Ein besonders alter Freund, der mittlerweile in München lebt, schaute vor einiger Zeit auf der Durchreise bei uns vorbei und fragte mich betont beiläufig, nachdem ich mit ihm den üblichen 10-Minuten-Gäste-Rundgang durchs Dorf gemacht und sein Gesicht sich in dieser Zeit um einige Zentimeter verlängert hatte: „Was ist eigentlich damals aus deinen Plänen geworden, nach Berlin zu gehen?"

Ich glaube, dass er zu höflich war, um zu fragen, was er eigentlich dachte: *Wie. Um. Himmels. Willen. Könnt. Ihr. Hier. Bloß. Leben???"*

Was sollte ich ihm sagen? So etwas wie: „Du anfangs war es ja der totale Kulturschock, die völlige Andersartigkeit, und es ist immer noch so ein bisschen *strange*, dann und wann. Ich meine die Leute hier sind schon speziell, allerdings... , aber insgesamt sind wir doch hier irgendwie angekommen, und die Luft ist auch besser und dann die Ruhe... ."

Bullshit! Alles erstunken und erlogen. Von wegen bessere Luft und Ruhe! Zur Erntezeit ist auf der Straße, an der unser Haus liegt, mehr los als auf der A 44 Richtung Dortmund, wenn der BVB ein Heimspiel hat. Und wenn die Nachbarn im Märzen mit Hilfe ihrer Kettensäge und der *Raab-Kärcher* beginnen, neben Feldern und Wiesen auch Haus und Hof instand zu setzen, denkt man manchmal schon regelrecht an Landflucht.

Natürlich könnte ich auch poetisch werden und sagen, dass - wie im Film *Chocolat* - der böse Nordwind auf einmal ausblieb, der auch mir wieder und wieder ins Ohr geflüstert hatte, es sei längst Zeit weiter zu ziehen und ganz woanders zu sein. Und dass das seltsamerweise (und ich weiß wirklich selbst immer noch nicht warum) Hier! In! Diesem! Völlig! Unspektakulären! Westfälischen! Kaff! geschehen ist.

   Schließlich sagte ich... einfach nichts zu meinem Münchener Freund. Manchmal schweigt man erst einmal, und das spricht dann für sich. Auch das habe ich hier von meinen Nachbarn gelernt. Ganz ohne Kulturschock.

*=plattdeutsch für Diele – größter Raum im Bauernhaus
**=westf. Platt für „die Zugezogenen"
***„dull"=verrückt, bekloppt, der „Tag der Bekloppten"

***

Als die Musik noch mit Hanf gemacht wurde

Jo und Hart aus unserer Nachbarschaft sind talentierte Sänger. Wenige Feste im Dorf vergehen, ohne dass Hart gegen Mitternacht zur Gitarre greift und beide anfangen *Lady in Black* von *Uriah Heep* zu singen. Alle grölen dann mehr oder minder textsicher mit. Wer bei den Strophen des Liedtextes nicht mitkommt, hat wieder beste Chancen beim Refrain des Liedes, der ja bekanntlich aus einem ständig wiederholten, langgezogenen: *Ahahahahaha* besteht.

Als 1/8 – Ire (seine Urgroßmutter stammt angeblich von der grünen Insel) liebt Hart außerdem die *Dubliners* und singt gern und gar nicht mal schlecht ihre Lieder. Besonders *Dirty old town* und *Whiskey in the jar* höre ich in seiner Interpretation richtig gern. Einmal, das war zu meinem 40. Geburtstag, und ich war ohnehin in einer ganz sentimentalen Stimmung, haben er, Jo und unser englischer Freund Keiran zu dritt *The wild rover* so schön gesungen, dass wir alle Tränen in den Augen hatten, und als sie als Zugabe dann noch spontan *Should old acquaintance be forgot* anstimmten, begannen sie zumindest bei mir sogar regelrecht zu fließen. Ich liebe Männerstimmen, und ich liebe diese alten Männerlieder, ihre Melodien, die ausgelassene Lebensfreude und tiefe Melancholie gleichzeitig in sich tragen und die Texte, die vom Umherziehen, von Abschied und Wiederkehr und natürlich vom Trinken handeln.

Irgendwann in der Nacht, wenn unsere Nachbarn mit ihrem Repertoire englischer Lieder durch sind, kommt dann deutsches Liedgut dran, durchaus auch traditionelles. Das ist – zugegeben – nicht so meine Sache, weswegen ich dann meistens schnell gehe und meinem Mann, der schon drei bis vier Stunden zuvor nach Hause geflüchtet ist, ins eheliche Bett folge.

Neulich abends beim Feiern passierte es, und wir verpassten beide den Absprung. Das lag daran, dass Hart und Jo sich nicht mehr an ihr übliches Programm halten wollten, nachdem herausgekommen war, dass unser neuer Nachbar, der den lange leerstehenden, ehemaligen Hof in unserer Straße gekauft hatte, nicht nur Rheinländer, sondern auch hauptberuflicher Sänger ist. Er hatte das verfallene Gebäude auf das Feinste renovieren lassen und richtete es zusammen mit seiner Frau, einer studierten Innenarchitektin, komplett so ein, wie sich niemand, im ganzen Leben nicht, von unseren alteingesessenen Nachbarn einrichten würde: im modernen Landhausstil. Beim „Begrüßungskaffee" hatten wir auf teuren Korbsofas und Sesseln von *Lambert* gesessen, an den selbstgebackenen Apfel-Nusstörtchen der

Hausherrin genagt und Latte-Macchiato aus edel designten *Rietzenhoff*-Gläsern getrunken. Die Stimmung war für unsere Dorfverhältnisse etwas, nun ja, zu zivilisiert und taute erst auf, nachdem Hart kurzerhand zwei Kisten Bier und ein Kilo Mettendchen aus den heimischen Beständen über die Straße in den Garten der neuen Nachbarn geschleppt hatte. Dort hatte man es sich dann bei sieben Grad Celsius und Nieselregen in Ermangelung von Stehtischen draußen an einer noch nicht fertig gestellten Trockenmauer gemütlich gemacht und diese leider noch kurz vor dem Ende der Veranstaltung zum Einsturz gebracht.

Auch wenn der Nachmittag entsprechend von den Männern kommentiert worden war, zeigte man sich doch insgesamt wohlwollend und tolerant gegenüber den neuen Nachbarn. Diese frisch Zugezogenen konnten halt noch nicht wissen, wie hier gefeiert wurde. Also würde man es ihnen beibringen, und dazu mussten sie natürlich erst einmal ihrerseits eingeladen werden. Was alle, die etwas zu feiern hatten, auch taten. Schließlich wollte jeder dazu beitragen, Jamie und seine Frau Laura zügig ins Dorfleben zu integrieren. Wir wussten um diese edle Absicht. Schließlich hatten wir selbst das auch vor Jahren erlebt.

Anfangs hatte keiner geahnt, dass der neue

Nachbar (der tapfer über die Sache mit der Mauer hinweg gesehen hatte und mit seiner Frau auf jedem Fest erschien) professioneller Sänger war. Solange das der Fall war, spulten Hart und Jo wie üblich ihre Lieder ab. Dann kam es eines Abends heraus: Jamie (der eigentlich Georg heißt) macht recht erfolgreich Musik mit einer Bruce-Springsteen-Cover-Band und verdient sich nebenbei Geld als *Vocal Coach* für junge Leute, die partout bei einer dieser Casting-Shows im Fernsehen teilnehmen wollen. Es kam heraus, weil Jamie bei dieser Feier irgendwann Hart die Gitarre aus der Hand genommen und los gerockt hatte, was das Zeug hielt. Hart berichtete es mir, denn wir waren an diesem Abend nicht dabei gewesen. Richtig gut singen könne der Kerl, berichtete Hart und wirkte etwas geknickt. Richtig gut angekommen war er auch. Selbst bei den jungen Leuten, die da gewesen waren. Und natürlich bei den Frauen. Ingrid habe bei *The River* völlig selbstvergessen und mit vollem Körpereinsatz angefangen, ein Feuerzeug zu schwenken und Jamie dabei so hingebungsvoll angeblickt, dass er, Hart, sich völlig abgemeldet gefühlt habe.

„Stell' dir das mal vor", sagte er zu mir und sah bekümmert zu Boden. „Da lässt diese *Korüfähe* oder wie das heißt, diese *fokale Couch*, uns da wochenlang einen abkaspern beim Singen und beim Gitarrespielen und lacht sich innerlich schlapp über uns dilettantische Dorfdeppen, die versuchen Musick zu machen."

„Mach' dich nicht so klein", wollte ich Hart sagen, und: „Ich mag' es, wenn ihr singt, du und Jo. Ich höre euch richtig gern zu, vielleicht ja gerade, weil ihr *keine* Profis seid."

Schließlich sagte ich nichts, weil Hart es mir in diesem Moment nicht geglaubt hätte. Dafür kannte ich ihn.

Die musikalische Gestaltung der Abende wurde von da an zunächst eine Zeit lang von Jamie dominiert. Hart und Jo zogen sich zurück.

„Gegen den kannste nicht anstinken", kommentierte Jo lapidar, wie es seine Art war.

„Und Englisch kann der auch besser", ergänzte Hart, einen alten Minderwertigkeitskomplex pflegend.

An jenem besagten Sommerabend, wir feierten im Garten unserer Nachbarin Ulla deren Geburtstag, hatte Hart beschlossen, seinen Ruf als musikalischer Lokalmatador zurück zu erobern.

„Heute ist deutscher Musick-Abend!", verkündete er nach Bratwurst, Kartoffelsalat und den ersten zwei, drei Fläschchen Bier. Dann griff er zu seiner Gitarre und sang *Über den Wolken*. Fast alle sangen kannten den Refrain und sangen mit.

Wir klatschten und riefen *Bravo,* als die letzten Akkorde verklungen waren. Auch Jamie applaudierte, als Hart geendet hatte.

„Nicht schlecht, Alter", sagte er und klopfte Hart - etwas zu gönnerhaft, wie ich fand - auf die Schulter. Dann nahm er Harts Gitarre und begann das Lied *Ich wollte wie Orpheus singen* zu intonieren. Eigentlich auch ein schönes Lied von Reinhard Mey, aber niemand konnte den Text, also sang niemand mit. Der Beifall fiel etwas sparsamer aus, was Hart sichtlich erfreute. Grinsend nahm er Jamie die Gitarre wieder ab.

„Jetzt aber mal was Flottes", kündigte er an. „Wir sind hier ja nicht auf 'ner Beerdigung. Stimmt's Schorsch?!" Mit Schorsch meinte er Jamie. Der lachte etwas bemüht und klopfte Hart wieder auf die Schulter. Diesmal allerdings kaum noch gönnerhaft. Hart entschied sich für Grönemeyers *Currywurst.* Wir alle johlten – mit Ausnahme meines Mannes (der nie mitsingt) - im Chor die Stelle mit dem Schwager und trampelten vor Begeisterung Löcher in Ullas Rasen. Jamie konterte mit *Alkohol* und erzielte diesmal einen Achtungserfolg. Da einige den Refrain kannten, sangen sie sogar mit. Jo, der das auch vorhatte, verstummte allerdings jäh, nachdem Hart ihm einen gezielten Rippenstoß verpasst hatte.

So ging es weiter quer durch die deutsche „Musick"-Geschichte der letzten Dekaden, und selbst vor Udo Jürgens, Freddy Quinn und Heino wurde nicht halt gemacht. Hart legte jeweils vor. Jamie ließ sich nicht lumpen und zog nach – selbst bei Heino. Seinem Gesichtsausdruck war allerdings anzumerken, dass ihm das nicht ganz leicht fiel. Schließlich kam jemand auf die Idee, die beiden Sängerkrieger könnten doch nun auch mal gemeinsam etwas performen. Und so geschah es. Hart und Jamie, ab jetzt Schorsch, sangen einträchtig im Duett ein uraltes und witziges Stimmungslied: *Hamburg 75*. Es war tatsächlich aus diesem Jahr und handelte davon, wie *gemütlich* es doch 1975 – rückblickend aus einer fernen Zukunft - in der norddeutschen Metropole war, dass nachts ein *richtiger Mond* schien und die Musik tatsächlich noch *mit der Hand* gemacht wurde. Im Nachhinein wirkte der Text geradezu prophetisch. Ich kannte den Song noch aus meiner Tanzstundenzeit. Er stammte von einer norddeutschen Band. Ein richtiger Ohrwurm. Wir hatten dazu Foxtrott getanzt und immer ziemlich viel Spaß dabei gehabt.

Nach dem Lied lagen sich Hart und Jamie-Schorsch in den Armen und fingen an, sich ebenso einträchtig zu betrinken, wie sie miteinander gesungen hatten.

Mein Mann, der noch niemals zuvor so lange auf einer Feier mit den Nachbarn durchgehalten hatte, gähnte dann doch demonstrativ. Auch waren die zwei Flaschen Chardonnay, die Ulla für uns besorgt hatte, weil wir immer noch nicht so gern Bier tranken, leer. Wir machten uns also gemeinsam, was wirklich selten vorkommt, gegen halb zwei etwas schwankend auf den Heimweg. Johan hatte sich sogar bei mir eingehakt und pfiff leise *Hamburg 75* vor sich hin. Das war auch eher ungewöhnlich bei ihm. Aber offensichtlich hatte er als gebürtiges Nordlicht eine gewisse Affinität dazu entwickeln können. Vielleicht war er aber auch einfach nur – so wie ich – ziemlich blau.

„Lustiges Lied", sagte er.

„Kennst du das nicht?"

„Nö. Du?"

„Hör mal, Johan, das wurde in den 70ern in jeder Diskothek 'rauf und 'runter gedudelt."

Dann fiel mir ein, dass Johan, was solche Erfahrungen anbelangte, echte Lücken im Sortiment hatte.

„Ich glaub', es ist von der *Hamburger Renterband*"*, sagte ich, obwohl ich wusste, dass ihm das mit Sicherheit völlig egal sein würde.

Später, als wir im Bett lagen, pfiff er die Melodie tatsächlich noch einmal vor sich hin.

„Sag' mal", kam es dann etwas schläfrig von

seiner Seite, „glaubst du eigentlich, dass alle Musiker damals gekifft haben?"

„Und wie kommst du da jetzt drauf?", fragte ich zurück.

„Na, wenn selbst so 'ne Rentnerband damals singt, dass die Musik *mit Hanf* gemacht wurde."

„Oh Johan", sagte ich. Bevor ich ihn aufklären konnte, war er eingeschlafen.

In der Nacht träumte ich von dem Studio, in dem die Band *Pink Floyd* vor vierzig Jahren die Platte *The Dark Side of the Moon* aufgenommen hatte. Dabei, das hatte ich kurz zuvor im *WDR-Zeitzeichen* gehört, hatte die Band Klänge, wie zum Beispiel das Klingeln der Registrierkasse beim Stück *Money*, authentisch erzeugt und später ihrer Musik unterlegt.

In meinem Traum standen Hart und Jo neben David Gilmour und Roger Waters an einem Stehtisch und rauchten gemeinsam einen Joint.

*hier irrte Adele. Die Interpreten hießen Gottfried & Lonzo (Nachtrag 2. Aufl.)

***

Die Medikamentenmaus

Zwei Jahre vor ihrem Tod wurde meine Mutter zusehends dement. Es muss sozusagen eine galoppierende Form dieser gemeinen Krankheit gewesen sein, die sie erwischt hatte. Ihr geistiger und bald auch ihr körperlicher Verfall waren rapide.

In den ersten Monaten nach der Diagnose lebte meine Mutter noch zu Hause im Erdgeschoss ihres Hauses, in dem ich mit meiner Familie seit vielen Jahren die obere Etage bewohnte. Solange es eben gehen würde – das hatten meine Schwester und ich gemeinsam beschlossen - sollte sie dort auch wohnen bleiben können, und wir taten unser Möglichstes, sie in ihren eigenen vier Wänden zu betreuen. Meine Mutter lebte mehr und mehr in ihrer eigenen Welt, jenseits realer Zeiten und Räume. Das war nicht einfach für mich, und ich konnte ehrlich gesagt auch nicht besonders gut damit umgehen.

Eines Tages begann sie von einer Maus zu phantasieren. Sie berichtete von dieser Maus wie von einem Haustier. Niedlich sei sie, so ganz klein, mit braunem Fell und einem spitzen Schnäuzchen. Außerdem könne die Maus reden, und sie habe schon viele nette Unterhaltungen mit ihr geführt. Abends würden sie oft zusammen fernsehen, denn die Maus habe dieselben Lieblingssendungen wie sie.

Ich kam zu dem Resultat, dass meine Mutter diese Maus für absolut real hielt, so wie sie manchmal davon überzeugt war, mein Vater, der seit zehn Jahren tot war, habe sie besucht oder glaubte, sie müsse für die Gäste ihres Restaurants kochen, was sie vor über zwanzig Jahren das letzte Mal getan hatte.

Die Maus wurde ein wichtiger Bestandteil in ihrem Kosmos. Fast jeden Tag berichtete sie mir von dem Tier. In der ganzen Wohnung liefe die Maus herum. Ja, sie sitze neuerdings sogar auf dem Nachttisch und würde die Tabletten aufessen, die ich dort für sie hinlegte, damit sie sie morgens beim Aufstehen gleich einnehmen konnte. Besonders ihre Schilddrüsentabletten hätten es ihr angetan.

„Mama", sagte ich. „Mäuse essen keine Medikamente."

„Diese schon", entgegnete meine Mutter. „Und weißt du, ich finde, das geht zu weit. Meine Tabletten sind schließlich teuer. So viel Geld wirft das Geschäft ja auch nicht ab."

„Mama, du hast kein Geschäft mehr! Ich habe, es dir doch schon so oft gesagt! Das Geschäft ist verkauft!"

Ich hing lange dem ebenso falschen wie verzweifelten Glauben an, ich könne es irgendwie immer noch schaffen, meine Mutter von ihren geistigen Ausfällen zu heilen, wenn ich ihr wieder und wieder sagte, was wirklich war und was nicht. Es war vergeblich und rieb letztendlich uns beide nur auf.

Sicher, manchmal gab es diese Momente, in denen ihr Verstand noch einmal aufzuklaren schien und sie uns alle verblüffte. Allerdings geschah das unerwartet und völlig unabhängig von meinen Bemühungen, ihrem Gedächtnis auf die Sprünge zu helfen. So wie eines Tages zum Beispiel, als ich nach Hause kam und sie mich schon an der Haustür abfing. Sie erzählte mir von Spanien und einer Bombe und vielen toten Menschen. Während ich mich noch fragte, warum sie sich gerade jetzt wieder so etwas einbildete, zerrte sie mich vor ihren Fernseher, in dem gerade eine Sondersendung über die furchtbaren Attentate auf die Züge in Madrid angekündigt wurde.

„Glaubst du mir jetzt?", fragte sie und verdrehte ihre Augen wie ein genervtes Kind.

Ich beschloss, unvoreingenommener zu werden und ihr vielleicht auch wieder mehr zuzutrauen. Am nächsten Morgen trommelte sie uns in aller Herrgottsfrühe aus dem Bett und erklärte aufgeregt, sie habe verschlafen und würde nun viel zu spät zur Schule kommen.

Dann kippte irgendwann ihre Stimmung bezüglich der Maus, von der sie mir nach wie vor regelmäßig erzählte. Von niedlich war nun keine Rede mehr. Meine Mutter wurde zunehmend ungehalten über ihren kleinen eingebildeten Besucher.

„Das geht so nicht mehr weiter", verkündete sie mir schließlich aufgebracht. „Stell' dir mal vor, unsere Gäste kriegen mit, dass hier eine Maus auf dem Tisch tanzt. Die schicken uns ja das Gesundheitsamt ins Haus. Am Ende schließen sie uns noch den Laden. Die Maus muss weg!"

Am nächsten Tag fand ich sie sogar aufgelöst und schluchzend vor. Die Maus habe auf ihrer Bettdecke gesessen in der Nacht, und sie habe sich fürchterlich erschrocken.

„Bitte", flehte sie. „Du musst was dagegen machen. Ich würde ja auch deinen Vater fragen, aber der ist mal wieder auf Achse mit seinen Freunden... "

Ich schüttelte über mich selbst den Kopf, aber ich fuhr in den nächsten Baumarkt und kaufte eine Falle. Meine Mutter war begeistert. Vor ihren Augen präparierte ich die Falle mit einem Stück Schinken und stellte sie unter ihren Nachttisch.

„Danke", sagte sie und fiel mir um den Hals. „Du gutes, gutes Kind. Vielen Dank!"

Ich schämte mich ein wenig.

Täglich schauten wir nun nach, ob sich die Maus hatte fangen lassen.

„Wieder nichts", sagte ich jedes Mal.

„Diese Maus ist sehr gewieft", sagte meine Mutter. „Ich glaube, wir müssen die Falle auch mal woanders aufstellen."

Von da an trug sie die Falle immer wieder an andere Plätze in ihrer Wohnung. Die Standorte, die sie dafür auswählte, wurden im Lauf der Zeit merkwürdiger. Ich hatte Angst, sie könne den Mechanismus auslösen und sich wehtun. Das passierte ihr nicht, dafür aber meiner Schwester, die beim Auswischen des Kühlschranks übersehen hatte, dass meine Mutter die Falle dort platziert hatte.

„Mist", sagte meine Schwester und lutschte an ihrem lädierten Zeigefinger, den sie gerade aus der Schnappvorrichtung befreit hatte. Anschließend stellte sie die Falle wieder in den Kühlschrank zurück, um meine Mutter nicht zu beunruhigen.

Irgendwann erzählte meine Mutter nicht mehr von der Maus. Die Falle vergaß sie auch. Sie fing an, orientierungslos auf der Straße herumzulaufen, so dass ich sie im Haus einschließen musste, wenn ich zur Arbeit fuhr. Ein paar Mal entwischte sie mir auch, während ich daheim war. Zum Glück bekamen unsere Nachbarn es mit und brachten sie zurück. Dann brannten, als niemand von uns da war, Zeitungen, die sie auf den Küchenherd gelegt hatte. Ulla von gegenüber hatte den Feuerschein durchs Fenster gesehen, war durch eine offene Kellerluke in unser Haus eingestiegen und hatte beherzt den Brand gelöscht.

Wir mussten meiner Mutter den Anschluss vom Herd abklemmen und vorsorglich auch alle Streichhölzer und Feuerzeuge wegnehmen. Nachts lief sie immer öfter unentwegt die Travertinstufen im Hausflur hinauf und wieder hinunter. Was, wenn sie dabei stürzen und verletzt, hilflos und allein bis zum Morgen im Treppenhaus liegen würde? Sie war nicht mehr sicher, wenn nicht rund um die Uhr jemand auf sie Acht gab.

Also brachten wir sie schweren Herzens in ein Pflegeheim in der Nähe. Ich mied die leerstehende Wohnung meiner Mutter, so gut es ging. Es machte mir zu schaffen, den Küchentisch zu sehen, an dem wir so oft zusammen ihr leckeres Essen gegessen hatten, ihren Sessel im Wohnzimmer, ihre Sammeltassen im Vitrinenschrank, die ihr ganzer Stolz gewesen waren. So goss ich immer nur die Zimmerpflanzen, lüftete kurz und flüchtete mich schnell wieder nach oben.

Der Gesundheitszustand meiner Mutter verschlechterte sich innerhalb kürzester Zeit noch einmal rasant. Bald konnte sie das Bett nicht mehr verlassen, kurz darauf nicht mehr sprechen.

Ungefähr ein Vierteljahr nach ihrem Auszug passierte es: Ich betrat wieder einmal ihre Wohnung und erstarrte, als ich zur Tür hinein kam. Vor mir auf dem blauen Teppich im Wohnungsflur hockte eine winzige braune Maus mit schwarzen Knopfaugen, spitzer Schnauze und bebenden Schnurrbarthaaren. Ich weiß nicht, wer mehr erschrak: sie oder ich. Eine Weile schauten wir uns gebannt an. Dann rannte die Maus weg und verschwand hinter dem Schuhschrank. Ich stand da, eine ziemlich lange Zeit, vermutlich mit offenem Mund. Was ich dabei dachte, erinnere ich gar nicht mehr.

Irgendwann verließ ich unverrichteter Dinge die Wohnung wieder. Ich schloss die Tür hinter mir und stand im Treppenhaus. Ich wollte hinauf gehen, aber auf einmal fehlte mir die Kraft dazu. Ich sah meine Mutter vor mir, wie sie klein und entrückt in ihrem Bett im Pflegeheim lag. Am liebsten wäre ich auf der Stelle zum Auto gerannt, um zu ihr zu fahren, sie an der Schulter zu rütteln und zu rufen: „Mama, ich habe heute endlich deine Maus gesehen!"

Aber ich tat das alles nicht. Stattdessen ließ ich mich auf die unterste Treppenstufe sinken, verbarg das Gesicht in meinen Händen und begann, bitterlich zu weinen.

***

Alltagswunder(n)

Dass man für das Landleben schwärme, komme daher, dass die Städte unbewohnbar seien, meinte sinngemäß einst Bertolt Brecht, der zu Zeiten meines Oberstufen-Deutschkurses am Gymnasium in unserer Kleinstadt gerade schwer in war. Ich persönlich mochte schon damals mehr Rilke, zum Beispiel das Gedicht vom Panther, dessen Blick hinter den Stäben seines Käfigs müde geworden ist. Da nützte es dem Tier auch nichts, dass der im *Jardin des Plantes* in Paris stand.

   Irgendwie erinnerte mich das damals an mein vorherrschendes Lebensgefühl. Ok, wir lebten in schönen, modernen Zeiten! In Paris war ich auch schon mal gewesen, zusammen mit einigen Freunden und der örtlichen Deutsch-Französischen-Gesellschaft, die von einem etwas vertrottelten Französisch-Lehrer unserer Schule geleitet wurde, der – wie sich auf der Fahrt herausstellte – in den einfachsten Alltagssituationen sprachlich versagte. Wir hingen in verrauchten Jazz-Kneipen am Montmartre herum und standen ergriffen am Grab von Jim Morrison, den ich fast noch toller fand als Rilke. Aber ansonsten: Was konnte dieses Leben denn schon für einen bereit halten? Wozu war man überhaupt auf der

Welt? Blickten wir nicht auch wie Rilkes Panther ständig durch irgendwelche Gitter? Und worauf schauten wir überhaupt? Ohnehin würde doch alles sowieso bald im Chaos enden: Entweder würde ein Atomkraftwerk uns alle um die Ecke bringen oder gleich die Atombombe selbst. Jim Morrison fing im Lied *The End* passend meine vorherrschende Stimmung ein. Stundenlang saß ich allein in meinem Zimmer, hörte ihm zu und manchmal, wenn ich einen besonders schlechten Tag hatte, sang ich sogar mit. Zum Glück wurden meine Weltuntergangsstimmungen mit zunehmenden Alter seltener.

Dem alten Salon-Kommunisten Bertie B. möchte ich insofern zustimmen, als es meist die Städter sind, die für das Land schwärmen. Sie abonnieren anscheinend auch diese ganzen Country-Lifestyle-Magazine, die derzeit die Regale der Zeitschriftenhändler füllen. Jede Woche scheint ein neues dazu gekommen zu sein. Unsere Nachbarn auf dem Dorf lesen eher das *Landwirtschaftliche Wochenblatt Westfalen-Lippe*. Das hält neben aktuellen News rund um die Agrarszene („Noch fehlt der Milch der Schwung") auch Fütterungsempfehlungen für adipöse Pferde bereit. Nur am Rande gibt es jahreszeitgemäße Koch- und Dekoideen und ganz vereinzelt auch mal einen Tipp, wie

Pfingstrosen länger in der Vase halten.

Ich selbst hatte es lange nicht so mit dem Landleben. Ich war in einem spießigen kleinen Kurort aufgewachsen und sehnte mich vor allem nach Großstadt und Freiheit. Natur spielte in meinen juvenilen Träumen eigentlich keine Rolle. Schon meine Begeisterung für den Garten, den meine Eltern hinter unserem Haus angelegt hatten, hielt sich in Grenzen.

Selten hörte ich genau hin, wenn meine Mutter mir auf Spaziergängen von Feld- und Wiesenblumen erzählte, und auch der Leidenschaft für das Pilzesammeln, die meine Eltern teilten, konnte ich nicht viel abgewinnen. Von ihnen verdonnert, an den zu diesem Zweck – zum Glück sehr selten – stattfindenden Ausflügen in die Wälder der Region teilzunehmen, war meine Laune während dieser Freiluft-Events meist mäßig: Ziemlich abgenervt zog ich mit ihnen los, um nach Wiesenchampignons und Pfifferlingen zu suchen und heuchelte allenfalls Interesse, weil ich meine Ruhe haben und den zu befürchtenden, gekränkten Blicken meiner Mutter entgehen wollte.

Auch die Land-WGs, die während meiner Studienzeit in Göttingen in den umliegenden Dörfern wie Pilze aus dem Boden schossen, waren mir eher suspekt. Meine Haus-Mitbewohnerin

Karen war aus einer solchen Kommune bei Nacht und Nebel geflohen, weil sie den Repressalien eines besonders aktiven Öko-Aktivisten ausgesetzt war, nachdem sie seine Annäherungsversuche beim gemeinsamen Sauerkrautstampfen seiner Meinung nach zu vehement zurückgewiesen hatte. Karens gesammelte Schauergeschichten aus ihrer ehemaligen ländlichen Lebensgemeinschaft füllten Abende und bestätigten alle Vorurteile, die ich ohnehin schon sorgsam gepflegt hatte.

Und dann kam ich in meinen Mittdreißigern mit Mann, Mutter und Kindern aufs Dorf, oder vielleicht trifft es das eher -: Das Dorf kam über mich. Da waren die Land-WGs um Göttingen vermutlich längst alle verlassen und aufgelöst. Mein Mann, der auf dem Land aufgewachsen ist, hatte es zunächst leichter als ich. Er kam gefühlsmäßig nach Hause, ich landete erst einmal in der Fremde. So fing ich an, mich zu wundern und habe, wenn ich es recht betrachte, bis heute eigentlich nicht damit aufgehört.

Die Liste meiner Wunder ist heute – siebzehn Jahre später – lang, aber längst noch nicht fertig gestellt. Fast jeden Tag kommt etwas Neues hinzu. Ich glaube beinahe, ich werde irgendwann meine Aufzeichnungen als Vermächtnis für meine Nachgeborenen veröffentlichen, auch wenn es nur als *blog* im Internet ist. Arbeitstitel: *1000 Dinge vom Land, die es wert sind zu wissen, bevor du stirbst* oder vielleicht doch lieber, weil es kürzer ist und vielleicht auch die jüngeren Leser anspricht: *Vom Landleben gelernt.*

Da wird dann zu lesen sein von Menschen, die man anfängt zu schätzen und zu lieben, obwohl sie so ganz anders sind als man selbst. Natürlich wird es um die Weite und die Farben des Himmels gehen, aber auch um den ohrenbetäubenden Lärm, den Trecker, Aufsitzrasenmäher und Kettensägen produzieren. Und darüber, wie man angesichts der vom Wind bewegten Gerstenähren schon mal eine Ehekrise überwindet. Man erfährt auch, dass man auf dem Dorf nie heimlich im engsten Kreis seinen Geburtstag feiern kann, Bier im Prinzip kein Alkohol ist und Löwenzahn manchmal über Nacht einen halben Meter zu wachsen scheint.

Während ich an mein Projekt denke, radle ich auf dem Heimweg von der Arbeit noch etwas vergnügter durch die frühsommerlichen Felder nach Hause in mein Dorf. Ich freue mich, dass ich spät, aber – Gott sei Dank - noch rechtzeitig meiner Mutter zuhörte, als sie mir den Unterschied zwischen wilden Möhren und Schafgarbe erklärte und summe eine kleine Melodie vor mich hin. Es ist die von *Kein schöner Land* und ich hoffe, dass Jim Morrison mich jetzt nicht hört.

***
Meine letzten Worte, zumindest in diesem Buch...
... gehen an euch alle. Denn ohne euch hätte es diese Geschichten einfach nicht gegeben. Danke, sage ich und höre euch antworten: „Nich dafür!"

Irgendwo in Westfalen, im Juni 2013

Nachwort zur 2. Auflage 2018
Für mein erstes Buch über die westfälische Provence gab es viel mehr Resonanz, als ich je erwartet hätte. Danke dafür!
Ermutigt vom Erfolg habe ich zwei Nachfolgebände geschrieben, in denen es ein Wiedersehen mit Hart, Ingrid, Ella, Jo und Hund Pablo gibt, und viele weitere - von wahren Begebenheiten inspirierte – Geschichten aus meinem kleinen Dorf in „der Börde".

Oktober 2018
Adele Stein

Die Folgebände:
Landeier und andere Spezialitäten. Neue Geschichten aus der Westfälischen Provence
ISBN 978-3735721228
Ins Kraut geschossen. Frische Geschichten aus der Westfälischen Provence
ISBN 978-3746031262

Außerdem lesenswert:
Die Kriminalromane von Adele Stein – natürlich mit westfälischem Lokalkolorit!
Tödliches Feld
ISBN 978-1501088940
Endstation Silo
ISBN 978-1542316521

Alle Bücher sind auch als E-Book erhältlich.